呪《じゅ》詛《そ》を受信しました

上田春雨

宝島社文庫

宝島社

主な登場人物

道立根釧中央高校　2年生

伊勢湊（いせ・みなと）
継母と険悪な関係のため、早く自立するためにパパ活をしている。
進学クラスに所属。

津島美保（つしま・みほ）
派手好きで陽気なギャル。一酸化炭素中毒により事故死。
普通クラスに所属。

白山飛鳥（しらやま・あすか）
華やかで、さばけている美人。異性関係で、生前の美保と揉めていた。
美保と同じ普通クラスに所属。

乃木春日（のぎ・はるひ）
真面目な優等生。中学時代から美保になついていた。
湊と同じ進学クラスに所属。

荒船沙貴（あらふね・さき）
中学時代のいじめがきっかけで、引きこもり生活を送る。オカルト好き。
進学クラスに在籍。

◆

日吉（ひよし）
道立根釧中央高校２年の学年主任。
熱心がゆえ、煙たがる生徒や教師もいるが、湊は尊敬している。

香取（かとり）
湊の常連客。根釧警察署の地域課員。
家庭を持っているが、湊のことを買春している。

赤城（あかぎ）
湊の常連客。札幌市で“商売”をしているヤクザ。
根釧市での出張のたびに、湊を呼び出している。

呪詛《じゅそ》を受信しました

10月2日午後6時半ごろ、北海道根釧《こんせん》市西3条の住宅で、若い女性1人が死亡しているのが見つかった。根釧署によると、この家に住む中央高校2年、津島美保《つしまみほ》さん(17)とみられる。帰宅した母親が発見した。部屋には暖を取ったとみられる灯油ファンヒーターがあり、一酸化炭素中毒死の可能性があるという。

友人が死んだ。事故だったらしい。

閉め切った室内で、ヒーターを使い続けたことによる、一酸化炭素中毒死。寒さ厳しい北国では、まあまある事故だ。珍しいのは、十七歳の女子高生、若すぎる死だったこと。このあたりでは過疎化と少子高齢化が驚くべきスピードで進んでいて、そもそも母数が少ない若者の死は珍しい。

町外れの国道沿いにある葬送会館。木造モルタルの簡素な佇《たたず》まいには開拓時代の名《な》残《ごり》がみられる。黒と白の幕が張られた会場には、線香の煙が靄《もや》のように漂っていた。同級生のほとんどが顔をそろえており、みんな同じように、ぼんやりと葬儀に参加している。

建物が古いせいか、制服だけでは肌寒い。出入り口の引き戸は一枚ガラスで、人が出入りするたびカラカラとうるさかった。

「お焼香ってどうやるんだっけ?」

「とりあえず、前の人のやり方を真似《まね》すればいいよ」

「前の人が間違えていたら、どうするのさ」

「あんたも、その後ろの私も間違える。そいで多分、私の後ろも間違える」

「そんな間違いドミノ倒しは作りたくねえ」

前の列にいる子たちがコソコソと話をしている。低い読経《どきょう》の声が響く、独特の重苦しい雰囲気。立ち上がる際、コンクリートの床に直置《じか》きされたパイプ椅子が、ガチャガチャと音を立てた。

周囲の大人たちが迷惑そうに眉を顰《しか》める。

「静かに」

参列していた学年主任の日吉《ひよし》が注意した。五十代独身の女性教員で、小さな岩山のような、身長の低いがっしりとした体つきをしている。

「分かってるっつーの」「わざとじゃねえし」「てか、ヒヨシンの声が一番でかい」と、不平不満が、さざ波のように広がって消えた。

前方に設置された白一色の花祭壇では、黒枠に囲まれた遺影の美保が微笑《ほほえ》んでいた。白と黒だけで構成された空間。派手好きな彼女の好みとは、全てが程遠い。

津島美保とは、中学時代に仲が良かった。

大きな声で笑う、ぽっちゃりした陽気な少女。いわゆるギャルと呼ばれる人種で、キラキラ光るものと恋愛話が大好き。色の抜けた髪色と、束になるほどマスカラが塗られた睫毛《まつげ》、リップティントでテラテラ光る唇がトレードマークだった。

焼香台の前に進む。

抹香をつまんで軽く頭を下げ、棺《ひつぎ》に横たわる彼女の顔に視線を向けた。

ギャルメイクは落とされており、こんな素顔に近い彼女を初めて見たと思う。

想像していたのと違い、悲しみが胸を裂くことはなかった。

高校に入学してから、別のクラスとなり、縁遠くなっていたからだろうか。

かつて親しかった友達が死んでもこんなものなのか、と少し寂しい気持ちになり、席に戻る。後ろの春日《はるひ》が何かを言いたげだったが、無視した。

葬儀は終わりに近づいている。

何となしに、スマートフォンの画面を見た。学年のほぼ全員が参加しているトークアプリ、PINEのチャットオープンルームにコメントが入った。

「どすっぴんw」

表示されたその一文の、あまりの不謹慎さに微笑む。投稿者は白山飛鳥《しらやまあすか》だ。時間差で、方々からクスクスと忍び笑いが漏《も》れた。皆もただ座っているのに飽きて、スマートフォンを弄《いじ》っていたようだ。

「どうかしてる。死んだ友達を、お葬式で笑い者にするなんて」

画面を覗《のぞ》き込んだ春日が眉を顰《ひそ》めた。首を振った拍子に、肩で切り揃《そろ》えられた黒髪が揺れる。乃木《のぎ》春日、規則を守ることに安心を見出すタイプの優等生で、小柄な体格に丸眼鏡《めがね》ののった柔らかな頬《ほお》が、鳩《はと》みたいな印象を与える。

真面目《まじめ》な彼女は、飛鳥の悪ふざけが許せないのだろう。

「ねえ、葬儀が終わったら、美保のおばさんにお悔やみを言いに行こうよ」

気が進まなかった。不謹慎なコメントに口角を上げてしまうくらい、私も軽薄な気持ちでここにいるのだ。娘を亡くした母親のもとへ、行く覚悟なんてない。

「葬儀の時のご遺族は忙しいから……」

「そんなこと言って、湊《みなと》ちゃん、さっきも美保の家族に対して、失礼だったじゃん。ああいうの良くないよ」

「え？」

「ほら、焼香のとき。みんなしっかり頭を下げていたのに、湊ちゃんだけ、ほぼ素通りしていた」

「ああ」

良い子ぶった指摘に、少しうんざりする。

「お焼香のとき、お坊さんにお辞儀をした後、ご遺族にも深々と頭を下げるのは、かえって失礼にあたるんだよ」

「でも、みんなお辞儀をしていたよ」

「本当はダメなの。少なくとも、うちの地域ではダメ」

「なんで、そんな自信満々に言い切れるの」

春日は不満げだった。ため息をつく。

「私、母親死んでいるから。説明されなくても、やり方は分かってる」

あ、と申し訳なさそうな顔をされた。

「ごめんね、ごめんね、嫌なこと思い出させたね」

「そういうの、いいから」

気を遣われるのも面倒くさい。

「本当にごめんね」

「だから別にいいし」

「でも、なら尚更、身近な人が亡くなった辛《つら》さが分かるでしょ。やっぱり、湊ちゃんは、おばさんに挨拶しに行くべきだよ。大事な家族を亡くした者同士、きっと分かり合えるよ」

思わず天を仰いだ。悪意がないのは分かっていた。

配慮がズレているというか、気を遣おうとして却《かえ》って無神経というか、春日のこういうところが、いつも心をささくれ立たせる。だが、会場内でごちゃごちゃ話すのは悪目立ちする。反論するのは諦めた。

読経が終わり、春日に連れられて、席を立つ。

友達グループ同士で固まっている級友たちを掻《か》き分けて、祭壇そばの遺族席に向かった。

美保の母親は傍目《はため》にも分かるほど、憔悴《しょうすい》していた。

土気色の顔。泣き腫《は》らした目の下には、大きな隈《くま》ができている。喪服の袖から覗いた指先は、小刻みにずっと震えていた。

「この度は、本当にご愁傷様《しゅうしょうさま》です」

春日に続いて、黙って頭を下げる。こういうのは苦手だ。

「……」

茫洋《ぼうよう》とした視線を向けられる。

「あ、あの、美保さんと仲良くしてもらっていた、乃木春日です。で、こっちは」

「伊勢《いせ》湊です」

母親の開いた瞳は、次第に焦点が合っていく。

「ああ！」

急に大きな声を出され、ビクっとした。

「湊ちゃん、春日ちゃんも！　すっかり大人っぽくなっていたから、分からなかった。

中学の時は本当に仲良くしてくれて。今日も、美保のために来てくれてありがとうね」

何と言って良いか分からず、曖昧に微笑んだ。

「高校になってからクラスが変わっちゃったけど、本当に、本当に美保ちゃんと仲良くしてくれて……」

言いきらないうちに、ううう……と歯の隙間《すきま》から漏れるような呻《うめ》き声に変わる。

誰の母親であっても、目の前で泣かれるのはつらい。見ていられなかった。恐る恐る、丸まった着物の背中をさする。

「おばさん、無理しないで」

「ごめんね、ごめんね。なんでこんなことになったのか、悔しくて……」

「おばさん……」

「美保ちゃんはヒーターを消さずに寝るような子じゃないのよ。昔から、口を酸っぱくして言っていたから、分かっているはずなの」

「おばさん、元気出して、おばさん……」

どこかで、ガタン、と大きな音がした。

フッと、いきなり周囲が暗くなり、驚きに体が強張《こわば》る。

誰かが悲鳴を上げ、「停電だ！」という声が続いた。

閉め切った会場は真っ暗で、唯一の光源となった祭壇の蠟燭《ろうそく》に、美保の遺体が入った白い棺だけが、ぼんやりと照らされている。

美保の顔が、棺のガラス越しに、こちらを向いた気がした。

「美保おおおおおおお」

目の前にいた美保の母親が急に叫んだ。

そのまま強い力で両肩を摑《つか》まれ、引き寄せられる。

何をされるか分からず、ただただ怖かった。

ほんの目と鼻の先、暗闇に浮かび上がる母親の青白い顔は、悪霊みたいだった。

「美保ちゃんがこんな死に方するわけない！　殺されたのよ‼」

◇

「うわ、まじウケる。ヤバいね」

「笑い事じゃない。大変だった」

停電はすぐに回復した。思いのほか参列者が多かったため、会場スタッフが後先考えず電気ヒーターを大量に並べ、そのせいでブレーカーが落ちたらしい。あらぬことを叫び出した美保の母親は、周囲の大人たちに羽交い絞めにされて奥へ引きずられ、戻ってこなかった。

なんとなく白けた感じになって、参列していた同級生たちも三々五々に解散した。

春日は迎えに来た親の車に乗って帰った。自分は荒船沙貴《あらふねさき》の家へ寄っている。

「めっちゃ至近距離で叫ばれた。肩を掴まれているし、逃げられないし、ホラーかと」

「良いなあ！」

切れ長の目を細めて、ケラケラと沙貴は笑った。仰《の》け反《ぞ》って、部屋着の襟から細い首をさらす。腰まである真っ直ぐな黒髪が波打った。

彼女は葬儀に参加していない。

「わたしホラーは好きよ。そういう面白いイベントが発生するって分かっていたなら、あの子の葬式に行っても良かったかも」

「家から出ることあるの？」

沙貴は引きこもりだ。中学の一時期、死んだ美保と春日と私、そして飛鳥と沙貴は、友達グループを形成していた。だが、そのうちに沙貴は仲間外れにされ、いじめられることになった。

「楽しいイベントのためなら、出て行くって言ってんの」

「そう」

二人で、ふかふかのクッションに座り、沙貴の母親が作ったココアを飲む。

閑静《かんせい》な住宅街にある、一戸建ての二階、日当たりの良い南部屋。

沙貴の部屋は、お菓子やゲーム、マンガであふれていた。ほかには、ファンシーな色合いのノートパソコン、大きなぬいぐるみ、カラフルで役に立たない文具類に、デザイン性が高過ぎて長針と短針の区別がつきにくい壁掛け時計。物が多くて雑然としているが、暖かくて、柔らかくて、楽しいものばかりに囲まれている。私とは違う。うらやましかった。

この部屋にいると、人生がいちばん良かったころを思い出す。

昔、一度だけ、内地の父の単身赴任先を訪ねるついでに、母に連れられて東京ディズニーランドへ出かけたことがある。北海道の片田舎《かたいなか》の五歳児が、飛行機に乗って遊園地に出かけるなんて、想像を超える体験だ。そこは色鮮やかで、見ているだけでワクワクするような建物や乗り物が並んでいた。周りはみんな笑顔で楽しそうで、幼い私はポップコーンを買ってもらって大喜び。優しく微笑む母の顔を、鮮明に覚えている。

まさしく夢の国だった。

沙貴の部屋は、それを思い出させる。そして今の自分の境遇との落差も実感させられる。

その旅行の後、母は急激にふさぎ込み、精神に不調をきたすようになってしまった。今なら分かる。あれは父の不倫を怪しんでの偵察旅行だったのだろう。そうでなければいいと願っていたのに、実際はそうだったとき、人は簡単に壊れてしまう。

沙貴が問いかけてきた。

「ていうか、美保が殺されたって、なに？　事故じゃないの？」

「いや、事故だよ、多分。先生もそう言っていたから」

「でも、おばさんは『殺された』って言ってたんでしょ。実際のところは、事故か殺されたか、誰にも分からないんじゃない？」

「……」

沙貴はニヤリと笑った。

「もし犯人がいるなら、野放しになっていることになる」

「嫌なこと言う」

「きっと、葬式で停電したのは、美保の無念が具現化したからなんだよ。美保の呪いだ。真犯人を捜してくれって」

「バカバカしい」

沙貴は、現実離れしたオカルトやホラーが好きだ。幽霊のような長い髪を垂らし、家に引きこもって、実社会と関わらないで過ごしているから、余計にそうなるのだと思う。

「呪いというのは、もう終わった人が、生きている人に対してできる、唯一の仕返しの方法だと思うの」

引き気味のこちらには頓着せず、沙貴は勢い込んで話しだした。

「有名なのはイギリスのリチャード三世。権力の座につくため、多くの人を殺した王様ね。でも、ある夜、寝ている彼の周りに、亡霊の群れが集まって、口々に『絶望して死ね』と呪詛《じゅそ》を吐く。その翌日に彼は死んだ。虫けらみたいに踏み躙《にじ》られた人々が、呪いで権力者に復讐《ふくしゅう》したんだよ」

「作り話。シェイクスピアでしょ」

「じゃあ、平安時代末期の崇徳院《すとくいん》は？　権力闘争に敗れて、流刑先で非業の死を遂げる直前、政敵を名指しして次々と祟《たた》り殺した。天神様の菅原道真《すがわらのみちざね》や新皇平将門《たいらのまさかど》と並んで、日本三大怨霊の一人だよ」

「そんな大昔の話をされても」

「じゃあ」

沙貴は熱量を込めて、話し続ける。細面に血の気がうっすらと上って、健康的に見えてくるのを、不思議な気持ちで見ていた。

「『不幸の手紙』って知らない？　これも一種の呪いで、発祥は古代中国。日本では昭和四十年代に大流行してる。内容は、『この手紙を複数人に送らないと不幸になる』というもの。元凶の一人から、ネズミ算式に受け取る人が増えていき、呪いが連鎖していく」

「チェーンメールみたい」

「そう！　この呪いが連鎖する、という考え方は面白いよね。『リング』とか、『着信アリ』とか、平成のホラー映画は見たことある？」

見たことはないが、内容は知っている。

「白いワンピースを着た、髪の長い女の幽霊が、テレビ画面から出てくるやつ」

ちょっと風体は、今の沙貴に似ているキャラクターだ。

「それは『リング』の悪霊、貞子《さだこ》ね。あれは、呪いのビデオテープを見た人のもとへ、一週間以内に貞子がやってきて、呪い殺すというストーリーなんだけど、貞子の悪意はビデオが媒介となって伝染するんだ。一週間以内に別の人間へビデオを見せることができれば、最初に見た人は呪いから逃れられる。一方で、『着信アリ』には、そんな抜け道がない」

相槌《あいづち》を打つタイミングが見当たらないほどの早口で、沙貴は言葉をつなげていく。

「『着信アリ』では、携帯電話にいつどうやって死ぬかを予告する電話がかかってくる。そして予告電話を受けた人は、その通りに死ぬ。例外はない。次の死の予告電話の受信者は、被害者の携帯に登録してある連絡先のなかから選ばれて、そうやって呪いが続いていく。予告電話の発端や元凶になるのは、虐待やいじめを受けた人々で、自分を理不尽に傷つけた相手や世の中に復讐をしているってこと」

「そうなんだ」

ココアをすすった。

「呪いって、弱者の武器なんだよ。正面向かっては敵《かな》わないような相手でも、倒すことができる。たった一言で、人を殺せる。世界を変えられる」

沙貴は、夢見るような目をしていた。

これ以上、興味のない話をされるのはごめんだった。

「そろそろ帰る」

「まだ、居てもいいのに。夕飯、うちで食べていけば」

「いや、いい。おばさんに悪いし」

「ママなら、私を訪ねてくる友達がいることに安心しているから、むしろ喜ぶと思うけど」

だから苦手だ。必死な瞳で「うちの沙貴をよろしくお願いね」と縋《すが》られるのが、つらい。

沙貴は言葉を続けた。

「母親ってウザいよね。とくにうちのママは心配性すぎて、だんだん腹が立ってくる。泣きそうな顔で、『カウンセリング行こうか』とか、『味方だからね』とか。ほんと陰気臭い。今のご時世、不登校くらい珍しくないのに」

全部、曖昧な笑顔で聞き流した。母親がいなくなった私に、その愚痴《ぐち》は共感できない。

「もう、行くね」

ごそごそと帰り支度を始めた私を見て、沙貴がニヤリと悪い顔で笑った。

「分かった。パパ活、まだ続けているんでしょ」

◇

寒風のなか、自転車で人家が疎《まば》らな町外れ、海沿いの道を走る。

沙貴の家を出てすぐは、誰かに見られているような気がしていたが、住宅街を抜けてから視線を感じなくなった。妙なことが起きた葬式の後に呪いの話なんか聞いたせいで、良くない影響を受けているのだろう。

嫌な気持ちを振り切るように、顔を上げた。

灰色の雲が、分厚い皮膚のように空を覆い、日の光を遮っている。

根釧市は北海道の東の端、人口十六万人の中核都市だ。主な就職先は農業と水産業で、気の利いた娯楽や文化は何一つない。平均年収は低く、生まれてから死ぬまで、修学旅行以外でこの土地から出ることなく暮らす人も多い。

そんな町の、ただ暗く、寒くなっていくだけの秋の夕暮れ。

先ほど送った『今から、ホ別3（ホテル代は別で三万円）でどうです？』のメールに、短く返信があった。

『ＯＫ、いつものところで待ってる』

いわゆるパパ活、つまり売春を始めたばかりのころは、今よりずっと危険と隣り合わせだった。出会い系アプリやＳＮＳは、不特定多数から客を募るのには便利だが、どんな相手が来るかは実際に会うまで分からず、トラブルになりやすい。痛い目を見たこともある。

客とホテルに入るのを、沙貴に見られるしくじりもやらかした。

最近は、常連だけで回せるようになったので、だいぶ楽にはなっている。

母が死んだ後、新しく家にやってきた女とは案の定、上手くいかなかった。お互い蛇蝎《だかつ》のごとく嫌いあっている。家計を握り、立場が強いのは継母《ままはは》の方なので、家に私の居場所はない。いわゆる経済的虐待を受けており、毎日の食費からスマートフォンの料金まで、生活費の全てを自分で稼ぐ必要があった。あの女は、私が服従するのを待っているのかもしれないが、頭を下げるくらいなら、体を売った方がマシだ。

そうして売春に手を染めた。

母の後を追って、死ぬことは考えなかった。美しかった母が自宅で無残な姿となっているのを発見したとき、咄嗟《とっさ》に「汚い」と感じ、強烈に「死にたくない」と思った。慕っていたのに、そう思うのは薄情だろうか。でも、本当にあんなふうにはなりたくなかった。

死にたくなかった。

それに、生きていたら、またいつか、ディズニーランドへ行ける。

母がいない今となっては、ディズニーランドへ行ったところで、幼いころほど幸せに感じないのは分かっていた。だから正確に言うと、ディズニーランドへ行きたいというより、この状況から脱け出して、どこかにあるはずの楽しい思い出の夢の国みたいな場所へ行きたいのだ。何も心配しなくていい状況で、ただ心の底から楽しいと、もう一度、思ってみたい。

私の人生で、もう一度、心の底から楽しいと感じてみたかった。

きっと、家から出て、大学に行って、ちゃんとした仕事をして、まっとうに生きていければ、いつか幸せだと感じられるはずだ。今は人に言えないような、泥水を啜《すす》るような真似をしていたって、この家から、この町から出ることさえできれば、全部過去にして、何もなかったように生きていけるはずだ。

寂れた道端の駐車場前で待っていると、相手の車が来た。

運転席にいるのは、恰幅《かっぷく》のいい五十代の男性。後部座席に誰もいないことを確認し、素早く乗り込む。

「結構、久しぶりだよね。元気してた？」

「うん」

脇道を少し入ったところにある、ドライブイン式のラブホテルに入る。「ハニー」というホテル名がチカチカ光っている。

敷地内に建つガレージハウスの一つを適当に選んだ。車を停《と》めたのを見計らい、運転席に向かって、黙って手を出す。

「ありがとう」

渡された三万円をすぐ鞄《かばん》にしまう。じっと見つめられる。

「なに？」

「高校の制服のまま来るなんて珍しい」

「ああ。香取《かとり》さんの仕事的に、私服の方が良かったよね。配慮が足りなかった」

「いや、いいけどさ。そりゃバレたら一発アウトだけど、ミナちゃんみたいな綺麗《きれい》な子とヤれるチャンスがあるんなら、私服だろうが、制服だろうが、呼ばれたら、どうせ来ちゃうし」

苦笑いしている。

常連客の一人、香取さんは警察官だ。パパ活を始めたばかりのころに知り合った。コミュニケーションが円滑で、金払いが良く、乱暴なことはしないので重宝している。もともとは道内の別の町に住んでいた。リピーターになってしばらく経《た》っても、頑《かたく》なに職業を明らかにはしなかったが、警察官は転勤がある。ある時、根釧市内の警察署の地域課員として着任。たまたま自宅近くをパトロールしているところを見かけたことで、彼の素性を知った。その時に、自分は十代の女の子が好きで、警察官失格で、犯罪だと分かっていても、性欲を抑えられないのだと、病気なんだと、縋りつかれて口止めされた。

相手の方が、全て明るみに出たとき、失うものが多いという事実は、私を安心させてくれる。

車を降り、先にプレイルームの扉を開いた香取さんが、こちらを振り返った。

「早く早く」

部屋に入ってからは、いつもの手順。服を脱ぎ、シャワーを浴び、ベッドに入り、腰を振る。やや癖のあるショートカットの黒髪が頰に張り付く。ベッドわきの鏡に映る自分は、虚《うつ》ろな顔をしていた。顔は母親似だった。最初のころは、自分の行為で母を汚しているようにも感じられてナーバスになることもあったが、今は痛いことでもされない限り、大丈夫。

どんなことをしてもされても、頭に去来するのは、相手の震える腹の肉のことだったり、目の前の乳首に生えている毛のことだったり、そういう見たままの、それ以上でも以下でもないことばかりだ。内臓に突起物を突っ込まれても、もう何も感じない。必要に駆られて繰り返す行為に、いちいち何か感じるほどナイーブじゃない。

ナイーブではいられない。

枕を並べてベッドで横たわっていたとき、香取さんが口を開いた。

「制服はいいんだけどさ。線香の匂いは、ちょっと萎える。仕事を思い出すから」

「友達の葬式があったの」

ここからが、わざわざ今日この人に声をかけた理由だった。もっと仕事を思い出してもらう。

「ねえ、香取さん。事故に見せかけた殺しってあると思う?」

「え、何、いきなり」

「先週の土曜日、女子高生が家で灯油ヒーターを使っていて、死んだじゃん。あれ、私の友達なの」

「あー……」

思い当たったのか、難しい顔をしている。

「なんか噂《うわさ》になっているのか」

「お葬式で、『うちの子は事故じゃない！　殺されたんだ！』って、お母さんが叫んでた」

「ああ……」

香取さんは顔を顰めている。

「死んだとき、どういう状況だったの？」

「それは、ちょっと。仕事のことだから言えねえなあ」

守秘義務ってのがあるんだよ、と宥《なだ》められる。

「もし殺されたなら、何とかしてあげたいなって」

「ただの不幸な事故だよ」

香取さんは眉間を揉《も》んだ。

じっと見つめていると、「ここだけの話だぞ」と念を押してから、話し始めた。

美保は自室のベッドの上で倒れていたところを、パートから帰ってきた母親に発見されたという。外は寒く、部屋の暖かさを逃がさないように、窓や扉は閉め切られていた。四畳ほどの狭い部屋で、ベッドのそばにあった年代物の灯油ファンヒーターの炎は赤みがかり、不完全燃焼していた。

「着衣の乱れとか、暴れたような跡はなかったの？　けがはしてなかった？」

「そんなのがあったら、俺らも事件性を疑う。テニス部だったんだろ？　練習から疲れて帰ってきて、うっかり寝入ってしまったような、そんな感じだったらしい」

「誰かが押し入った形跡は？」

「ないない。確かに玄関の鍵は開いていたけど、このあたりは日中、戸締《と》りしない家が多いから、別に不思議じゃない。金目のものが盗られたということもない」

「ドアの指紋とか玄関の足跡とか、調べた？」

「一応ね。家の中にも、遺体にも不審な点はなかった。玄関周りに、怪しい指紋も下足痕も無し」

「じゃあ、なんであんなはっきり『殺された』だなんて、お母さんは言い切ったんだろ」

「まあ……。ヒーターの安全装置が作動していなかったからだと思う。灯油の減りから考えて、点火からかなり時間が経っていた」

一般的に、灯油ファンヒーターは一酸化炭素中毒を防ぐため、点火から一定時間以上経っていたり、室内の酸素濃度が足りなくなったりすると、ロックがかかって消火される仕組みになっている。

「安全装置が作動しないとか、古いヒーターならあることでしょ」

「あるな。リコール対象機種だったらしいし」

香取さんは顎を撫《な》でた。

「だが、このあたりの人間ならみんな、ヒーターの安全装置の外し方を知っている。だから母親は、誰かがやってきて、事故に見せかけて娘を殺したんだと、そういうふうに信じ込んでいるらしい」

「なんで」

「時折あることなんだよ。突然、理不尽な事故で子供を亡くした親なんかは、その死が誰かに仕組まれたことだと思い込みたがる。自分の子供の死には理由があったと信じたいというか、無意味に死んだと信じたくない心が、『殺された』と叫ばせる……」

「ふうん」

納得がいくような、いかないような、そんな気持ちだ。

「でもな、あの子が死んで、得をする奴は誰もいないだろ。ヒーターが故障してようが、してなかろうが、限りなく事件性はゼロだよ。事故じゃなかったら、自殺だね」

「自殺する理由がないのに？」

「それは殺される理由についても同じことだ。むしろ殺人は、他人が関わる分、自殺よりも、はっきり外形的な理由が必要だ」

香取さんは体を起こして、煙草《たばこ》に火をつけた。

「自殺の理由を他人が理解できないケースは少なくないが、殺人は違う。痴情のもつれだったり、金のためだったり、怨恨だったり……。大体は愛か金か恨みだ。例外として通り魔みたいな無差別殺人もあるけど、そういう奴らはヒーターに細工するなんて迂遠《うえん》な殺害方法はとらない」

言っていることに筋が通っている。

「はあ。香取さんって、ちゃんと警察官なんですね」

この地域課の警部補を少し見直した。

「なんだよ、その言い方」

「だって、私とホテルに来るくらいの不良だし」

「まあ……それはね」

香取さんは肩を竦《すく》めた。

「そんなことより、最近、電車で女子高生を狙う痴漢が多いらしいから、ミナちゃんも気をつけなよ」

◇

香取さんはホテル代を払って、先に出て行った。夕飯は家族と食べるらしい。「怪しまれちゃうから」と言っていた。性癖さえまともであれば、良き家庭人なのかもしれない。

私といえば、香取さんが出て行ったのを確認してから、ベッド下を覗き込み、ＩＣレコーダーを取り出した。停止ボタンを押す。

どんな人間であっても、豹変《ひょうへん》してトラブルを起こす可能性がある。もし事件に巻き込まれても、何があったか証拠が残るように、誰かと二人きりになったときは、いつも隠れて録音することにしている。

レコーダーは、初めて体を売った金で買った。

以来、ずっとお守りのように携帯している。

翌朝までホテルに滞在した後、朝食に美保の葬式で貰《もら》ったまんじゅうを食べた。コンビニのＡＴＭに稼いだ三万円を入れてから、自宅に戻って誰にも気付かれないよう荷物を取り、何食わぬ顔をして学校に向かう。

自転車のペダルを漕《こ》ぐ足は重い。吐く息は白く、頭上低く灰色の雲が垂れ込めている。吹き荒《すさ》ぶ風に肌が痛めつけられる。

それでも、遠からずやってくる冬を考えると、きっと今日が一番暖かい日だった。

「おはよ」

「おはよ」

学校までの緩やかな坂道を上る途中で、級友の一団に交じって登校する春日と合流した。

「おはよ、湊ちゃん。中間試験の勉強、進んでる？」

「そこそこ」

「私、英語が本当に覚えられなくて、ヤバい。こんなに塾にも通っているのに」

「春日が試験前に改めて勉強しなきゃいけないのは、英語だけでしょ」

「私は医学部に行くの。こんな偏差値の低い学校の試験で順位を落としたら、親に何言われるかわからない」

春日の、無自覚に周囲を蔑《さげす》む発言に対して、曖昧に笑った。

「いつも全教科で学年トップだものね」

彼女の両親は教育に厳しい。少しでも成績が落ちると、相当絞られるらしい。

「こういうとき、普通クラスがうらやましいよ。順位は張り出されないし、勉強しなくても進級できるし」

「そうだね」

「あっちは進級したところで、進学はできないけど」

なかなかキツい物言いだった。

この地域には普通科のある高校が三つしかない。偏差値平均は、それぞれ大体60、

50、40といったところ。きっと本当に賢い子なら、狭き門を潜《くぐ》り抜け、学区外の名門校へ進めるのだろう。それにはお金も必要だ。そこまでの学力や経済力がない私たちは、地元では一番マシな偏差値60の道立根釧中央高校に通っている。中央高は、その程度の偏差値でも地域唯一の進学校であることを自負しており、生徒たちは入学時に学力でクラス分けされていた。春日や私が所属しているのは上位の進学クラスで、飛鳥や美保は普通クラス。進学クラスでないと、ほぼほぼ、大学へ行ける見込みはない。
私は、母の死を呑《の》み込んだ家が、澱《よど》んだようなこの町が嫌いだ。

早く遠いところへ行きたかった。

遠くへ行って、この町での出来事を過去にしたかった。

女子にとって町を出る大義名分は、大学進学くらいしかない。だから、売春をひた隠しにし、誰にも心を許さず、校則を守り、教師には逆らわず、学力と内申点を上げる努力をしてきた。

春日が自転車のカゴを並べてきた。

「ところでさ」

周囲を憚《はばか》るように、こそこそと耳打ちされた。

「美保のこと、どう思う？　美保は殺されたんだよね」

少し考えてから答えた。

「事故だと思うよ」

「なんで」

香取さんから聞いたことを、かいつまんで教えた。

「美保が死んで、得する誰かがいるなら、そいつが犯人かもしれないけど」

春日は考え込んでいる。

その横の車道を、男子生徒が漕ぐ自転車の後ろに乗って、飛鳥が通り過ぎて行った。すらりと長い足を組み、横座りをして、前の男子の肩に手を置いている。校則違反の短すぎるスカートが、曽祖父がソ連人だったという雑誌モデルのような容貌に、よく似合っていた。追い抜きざまに手を振られたので、振り返す。

「やめなよ」

春日に腕を押さえられた。自転車のハンドルを持つ手が揺れ、バランスを崩しそうになる。

「えっ、なに？」

「飛鳥と関わらない方がいいよ。あの子、昨日も葬儀中に不謹慎なコメントをしてたじゃん。マジであり得ない。友達が死んだんだよ？」

その投稿に笑ってしまった自分も責められているようで、「あー」という気が抜けた返事しかできなかった。軽薄だったのは自覚しているので、肩身が狭い。

春日は憤慨している。

「飛鳥とは中学時代は仲良かったけど、今は何を考えているか分かんない。美保が可《か》哀《わい》そうだよ。そりゃ、呪ってやるって思うよ」

「呪うって、なに？」

「昨日の停電のこと。おばさんは『殺された』って叫んでいたし、みんな噂してるよ、美保の呪いだって。学年チャットもその話でもちきり。見てないの？」

「うん、ちょっと寝ていて」

香取さんとの行為前に通知を切ったまま、入れ忘れていた。通称〝学年チャット〟と呼ばれるＰＩＮＥのチャットオープンルーム、《中央高２年限定☆雑談部屋》には、未読コメント１２５件と表示されている。

内容を見ると、『停電は美保の呪い』や『美保の死は事故に見せかけた殺人』とのコメントがずらりと並んでいた。なかには『美保が夢に出てきて、犯人を見つけてくれと訴えてきた』との体験談まである。

ＰＩＮＥはユーザー同士なら、無料でメッセージのやりとりや通話ができるアプリだ。基本的には本名で登録し、連絡先を知っている友達としか繋《つな》がれないので、狭い範囲だけのコミュニケーションツールだが、例外的にチャットオープンルームは不特定多数が集まる場として設定されており、本名を隠して発言できる。

匿名掲示板のように使われているため、誰が誰やらさっぱり分からない。

学年チャットには、深刻そうなコメントもあれば、明らかに面白がっているコメントもあって、カオスの様相を呈していた。

荒唐無稽なオカルト話の数々に、思わず、うわあ……、と引いた声を出してしまう。

春日はそのうちの一つを読み上げた。

「空気中に漂っていた美保の無念が、ブレーカーを落としたんだって」

「そんなバカな。ただの電気の使い過ぎだよ」

「科学的にもあり得るんだって。昔、大気電気学の有名な教授が、霊魂はプラズマだって言ったらしい。幽霊は停電させることもできるって」

「大槻《おおつき》教授？　いや、ないないないないない。突っ込みどころが多すぎるんだけど」

ドン引きしているこちらに構わず、春日はさらにヒートアップしていく。

「美保を殺した犯人は、校内にいるって話もあるの」

「はぁ？」

「だから今日の放課後、降霊術を試して、美保の霊から話を聞こう。美保に、犯人は誰なのか教えてもらおうって、そういう話になってる」

「降霊術？」

「コックリさん。十円玉とひらがな五十音表を用意するだけで、簡単に霊魂が降りてくるらしいよ」

「それ、降りてくるのは、美保じゃなくてキツネの霊でしょ……」

「なんでキツネ？　うちらに全く関係ないじゃん」

「いや、コックリさんって、キツネの霊だよ」

「ええ？　キタキツネとか？」

「いや、種類までは知らないけど……」

お互い釈然としない雰囲気になった後、春日は気を取り直したように言葉を続けた。

「とにかく、美保が降りてくるためには、縁のある人がたくさんいた方がいいらしいから、湊ちゃんも参加してね」

「それ誰の企画なの」

「分からない。学年チャットのアカウント名はSって子。その子がコックリさんのやり方とか、知っていた。うちのクラスは、ほとんどの女子が参加するって言っている」

「ああ……」

げんなりする。進学クラスの大半は、美保とは接点の少ない子ばかり。ただ滅多にない娯楽のチャンスを、目いっぱい楽しもうとしているだけだろう。

「降霊術ねえ。冗談なら悪ふざけが過ぎるし、マジで信じているならちょっとイタいと思う」

「なんでそういうこと言うの？　美保のためだよ。なんだって試す価値はあるよ」

春日は妙な正義感に燃えている。面倒だな、と思った。

◇

午前最後の授業である四時間目。

パソコンが大量に並ぶ視聴覚室では、生徒たちに倦《う》んだ雰囲気が漂っていた。直後に迫った昼休みに思いを馳《は》せ、誰もが早く時間が過ぎることを願っている。

一方、壇上の若い男性教師は、生徒たちの心情に気づくこともなく、パワーポイントを使って一生懸命、説明を続けていた。

「文字コードというのは、パソコンやスマートフォンで使う文字の背番号みたいなもので……」

パワーポイントが別のページに切り替わる。先月の模試の確認事項だった。

「あ、すまん、間違えた。ここで長期欠席者の模試をやってたから」

生徒たちは目を開けたまま寝ているか、あるいは熱心に授業を聞いていることを装って、目の前のパソコンでスマートフォンと連動させてＰＩＮＥをしたり、ゲームをやったりしている。パソコンを立ち上げる際に、出席番号に紐《ひも》づいたIDと生年月日のパスワードを入力してログインすれば、出席は確定するので、後は気楽なものだ。

「だっる……」

私も別窓を開いて、昨夜追い損ねた学年チャットを見ていた。見ているそばから、コメントが追加されていく。

『じゃあ、放課後に普通クラスCに集合ね。やっぱり美保の霊を降ろすなら、普段生活していた場所でやるべきだと思う』『そういや、焼香中に《どすっぴんw》ってやった奴、誰だよ』『飛鳥でしょ。今はコメント消しているけど』『酷《ひど》いよね。死んでたら、生きてた時みたいなギャルメイクできるわけないじゃん』『わざわざ言うか？　って思った。ほんと性格悪い。美保に呪われそう』『ていうかさ、飛鳥が美保の彼氏を寝取ったってマジ？』

チャイムが鳴った。パソコンを閉じ、立ち上がって購買へ向けて走り出す。

高校の昼休みは戦争だ。級友たちもチャイムの音をスタートの合図に、二階にある視聴覚室から、一階の購買まで最短ルートで駆けていく。

「湊ちゃん、ちょっと待ってよ」

春日が慌てて追いかけてきた。

彼女は弁当を持ってきているのだから、購買に行く必要がないだろうに。

階段を飛び降りたとき、春日が妙なことを口走った。

「さっきの授業中、視聴覚室のドアを開けて、隙間から誰か覗いていた」

「サボってる生徒とか、そんなんじゃないの？」

「分からない。視線を感じてドアを見たら、隙間が空いていて、低い位置で誰かと目が合った」

ちょうど顔を真横に傾けて、細い隙間から両目でじっと見ていた感じ、と話す。

「ギョッとした途端、ドアが閉められた。目しか見えないから顔が分からなかったし、授業終わった廊下にもいなかったし、不気味だよね」

得体の知れない何者かが、床と平行に顔を傾け、瞬《まばた》きもせず、こちらを見つめていたという。暗い穴のような二つの目が、こちらを無感情に覗き込んでいるのを想像する。

「怖っ」

そんな気味の悪いものがいた視聴覚室から距離をとりたくて、振り切るように走る速度を上げた。春日が泣きそうな声を出す。

「だから待ってよ、湊ちゃん！　ねえって」

購買では男女入り交じる激しい戦闘の末、無事、お好み焼きパンをゲットした。値段が安く、ボリュームがあって味が濃いので、気に入っている。

行きと違ってゆっくりと、掲示物が貼られた廊下を、二人並んで進学クラスの教室に戻る。

「購買、本当に好きだよね。お弁当は持ってこないの？」

曖昧に微笑んだ。自分が惨めになるだけなので、そのあたりのことは説明したくない。

普通クラスの前を通りかかったとき、飛鳥に声を掛けられた。

「湊、ちょっといい？」

春日が袖を引っ張るのを無視して、立ち止まる。

「今日の放課後、カラオケ行かない？」

「自分、貧乏だから、お金が無いのよ」

金が掛かる遊興はなるべく減らしたい。

思わず本音が出たが、飛鳥は冗談めかして流した。

「またまた。奢《おご》るからさ、臨時収入があったのよ」

「景気良いね。どうしたの」

春日が話に割り込む。

「ちょっと飛鳥、湊ちゃんは放課後、予定が入っているんだって」

飛鳥は無視して話を続けた。

「最近、痴漢が話題になってたっしょ」

「うん」

「私は通学に電車も使うから。今朝、怪しい素振りしている奴に、わざと隙を見せて、痴漢してきたところを捕まえたの。彼氏と一緒に」

「すごいじゃん」

「そいで、見逃す代わりに財布カツアゲしたの。したっけ、五万円くらい入ってた」

「おお、すごい」

「これは良い稼ぎになるなって思ったから、今度から湊も一枚嚙《か》まない？」

「ダメだよ！」

春日が叫んだ。

「絶対ダメ。わざと痴漢を誘うのは間違ってる。痴漢冤罪《えんざい》ダメ」

私は首をひねった。

「実際に手を出したところを捕まえるなら、冤罪ではないと思う」

飛鳥も言い返した。

「おとり捜査みたいなもんじゃん。何が悪いんだよ」

「カツアゲ目的のおとり捜査なんて無いよ」

「ていうか。春日さあ、さっきから何なの？　話に入ってこないでほしいんだけど」

飛鳥は苛立《いらだ》った様子で春日を睨《にら》みつけた。

「いい子ぶっててウザいんだよね」

春日は泣きそうな顔をしていた。

◇

放課後、駅前の雑居ビルに入っているカラオケボックスの個室。飛鳥は部屋に入るなり、机の上にあったメニュー表を渡してきた。

「好きなもの食べて」

「悪いけど遠慮しないよ、私」

矢継ぎ早に、たたききゅうりとイカの一夜干し、チキンスティックに枝豆、ポテトサラダと出汁《だし》巻き卵《たまご》をコールする。

「酒のつまみかよ……」

「野菜とタンパク質に飢えているの。カラオケ店って、この程度のメニューしか無いよね」

部屋は三畳ほどで薄暗く、窓は塞がれている。テレビは無音で、光り輝く画面だけが、やけに存在を主張していた。

時折、同じ階の部屋から調子外れの歌声が聞こえてくる。

気乗りしない降霊術の会からは逃げてきた。もともと春日よりも、飛鳥と気が合う。中学時代の友人たちのなかで、一緒にいて、いちばん気が楽だったのが、飛鳥だった。

「食事しに来たわけじゃないし」

「うん、内緒話をしたいんでしょ」

自分からカラオケに誘ってきたというのに、飛鳥はデンモク（電子目次本）を手に取ろうとすらしない。歌いもせず、個室に二人きりになりたかっただけのようだ。

飛鳥は口を開いた。

「ねえ、美保って殺されたと思う？」

「それ聞くためだけに誘ったんだったら、私、食べたら帰るからね」

学校では朝から誰もがその話で持ち切りだったので、そろそろ飽きてきた。

要件はそれだけじゃないだろう。

促すと、いつだってはっきり物を言う飛鳥が、珍しく口ごもっている。

「どうしたの。他に言いたいことあるんでしょ」

「昨日、私『どすっぴんw』ってコメントしたじゃん。あれ、後悔してる」

飛鳥はこめかみを押さえている。

「学年チャット見た？　私、めちゃくちゃ叩《たた》かれていた」

「ああ」

頷《うなず》いた。

「なんで叩かれるの？　昨日はみんなも笑ってたくせに」

「そうだね」

昨日の美保の葬式は当初、ほぼ強制的に集められて、単調な読経に飽きていた生徒がほとんどだったので、飛鳥のコメントが問題視されることはなかった。むしろ、支持されていたくらいだ。だが最後、停電と美保の母親の叫びをきっかけにして、完全に潮目が変わった。美保の死を痛ましいと感じる人が増えたことで、飛鳥のコメントの無分別さが際立ち、プチ炎上している。

「『美保に呪われるなら飛鳥だよね』なんて書いている奴もいる。コメントしているのは匿名アカウントばっかりだから、誰が書いているか分からない。リアルで問い質《ただ》しもできない」

特定できたら殴りに行くのに、と憤っている。

「あまり気にすることないよ。面白がっているだけだ。やり過ごしなよ。いずれ収まる」

「私への当てつけみたいに、うちのクラスでコックリさんなんか始めるし、何なの？　そんなに私が呪われればいいと思ってるわけ？」

「美保との縁が強い場所で、降霊術をやりたいんだって」

飛鳥が理由ではない、と宥める。

「呪いって、あると思う？」

飛鳥がこちらを見て、言った。

「私は呪われたくない。別に信じているわけじゃないけど、みんなが〝美保の呪い〟だって言ってくるのが、すごく嫌な気持ち。だんだん本当に呪われているように思えてくる」

瞳が怯《おび》えに揺れていた。

「美保が死んでから、怖い夢を見るの。内容は覚えていないけど、起きたら、吐き気がするほど嫌な気持ちになっている。何か重大な、取り返しがつかないことをしてしまったと感じているけど、それが何かは思い出せない。そういう夢」

「ただの夢でしょ。呪いなんて、あるわけないよ」

思いのほか、大きな声が出た。飛鳥はホッとしたような顔をした。

「そうだよね、うん。湊は、そう言ってくれると思った」

店員がドアを開け、フードを持ってきた。

二人で、インスタントでジャンキーな料理を口に運ぶ。冷凍食品と業務用の総菜の味がした。私にとっては大事な栄養とエネルギー源だ。

「美保に恨まれる理由はあるんだよね」

ぽつり、と飛鳥がこぼした。

「美保が死んだ日、喧嘩《けんか》したんだ」

飛鳥と美保は同じクラス、同じ部活だが。

「喧嘩するほど今、仲良かったっけ？」

高校に入ってから、それぞれ違う友達グループとつるむようになったはずだ。首を傾《かし》げる。

「美保はギャル系だけど、飛鳥はヤンキー系じゃん」

「誰がヤンキーじゃ。殺すぞ」

息をするように悪態をついた後、飛鳥はため息をついた。

「痴情のもつれ、ってやつよ。美保とは、男の趣味が同じだから」

「痴情のもつれ……」

香取さんが挙げた殺人の動機トップ3「金・怨恨・痴情のもつれ」を思い出す。

飛鳥は話を続けた。

「私も美保もテニス部なんだけど、二日の朝練の後に呼び出されてさ」

帰り道がてら、交際相手をめぐって責められたという。

「『人の男を盗るんじゃねーよ』って言われた。人聞き悪いよね。確かに今の彼氏は、美保の元カレだけど、別に盗ったわけじゃない」

「今の彼氏って、今朝、飛鳥が乗ってた自転車を漕いでいた子？」

目鼻立ちがはっきりした、涼やかな雰囲気の男子生徒だ。

「そうそう。美保はまだガッツリ惚《ほ》れていたらしくて、私のこと『寝取り女』って叫んでた」

「寝取ったの？」

「いいや。『私と付き合いたいなら、美保と別れて』とは迫ったけど、美保の方が魅力的なら、そこで終わった話じゃん。だから『自分に魅力がないのを棚に上げて、人を責めるのはやめろ』って言った。めちゃくちゃ怒ってた」

「それは……怒るよ」

美保の家に到着しても、しばらく玄関先で押し問答していたという。

「とにかく被害妄想が凄《すご》かった。最初は悪口言われても我慢していたけど、だんだん本気で腹が立ってきて、『せめて痩せてから物を言え、デブ！』って叫んで帰ったんだわ」

昔から、小太りの美保は、モデル体型の飛鳥に劣等感を抱いていた。堪《こた》えただろう。

「それが午前九時くらい。夕方に死んでるのが発見されたのを考えると、美保と最後に会っていたのは多分、私なんだよね。事故じゃなくて、自殺だったらどうしよう。

そしたら、私が殺したようなものじゃん……」

「飛鳥の口が悪いのはいつものことでしょ。それくらいで人が死ぬなら、今頃すでに大量殺人鬼だよ。美保のことは、タイミングが悪かっただけ」

「そうかな」

「うん。変な夢だって、罪悪感があるから見るんだよ」

「そうかも……」

納得した顔をしている飛鳥に向かって、釘《くぎ》を刺した。

「それはそれとして、今の話は、他の人に言わない方がいいからね」

もしこれが殺人事件なら、一番怪しいのは美保と最後に会った飛鳥だ。そして真実がどうであれ、いま皆の心の中で、美保が殺されたというのは既成事実になりつつある。この話が広まれば、飛鳥が殺人犯扱いされるのは目に見えていた。

「部活の友達に言っちゃった……」

「ああ」

思わず天を仰いだ。

「せめて春日に伝わらなきゃいいね。あの子、中学のころは美保に特別、懐いていたから」

飛鳥が重いため息をついた。

「うちら、なんでこんなになっちゃったかなあ。昔は仲良かったのに」

「古い映画の上映会を美保の家でしたこともあったよね。ジブリメドレー、楽しかったな」

「湊は『もののけ姫《ひめ》』でぼろぼろ泣いていたよね」

「うん」

あの時、私は劇中の「生きろ、そなたは美しい」というセリフにいたく感動したのだ。美しければ、それだけで生きることが肯定されると思った。自殺した母は美しい人だった。遺書には、夫の不倫で悩んでおり、「生きている意味がない」と書かれていた。美しかった彼女は、生きているべきだったのに。

私は母がいてくれれば、それで良かった。

あの人に似ていることは、私の誇りだ。年齢を重ねても、どこか少女めいたところがあり、「湊は分かってくれるよね」が口癖だった。二人で寄り添うように生きていた。何があっても、分かってあげたかった。子供は母を慕うものだ。

精神を病んでから、母は暴れるようになった。文脈に沿って言葉を発せられないことも増えた。父はそれを疎んで、さらに家に寄りつかなくなった。

私だけは、母の苦しみを分かってあげたかった。たとえ理解できないことを言われても、話を合わせて分かったふりを続けた。ときどき正気に戻った母から、「湊は私にそっくりだから、私の考えていることが分かるのよ」と笑ってもらえるのが嬉《うれ》しかった。

でも、置いていかれてしまった。

「あの映画、そんなに泣くポイントあった？」

「そこは人それぞれだから」

一息入れて、言い返す。

「『ハウルの動く城』で号泣した美保と飛鳥も、けっこう謎の理由だったじゃん。『あんなイケメンに愛されたい』って」

「そうだった。美保とは男の趣味が被《かぶ》るんだよ。……被ってたんだよ」

飛鳥は過去形に言い直した。沈黙が落ちる。

「あの時は沙貴もいた。飛鳥も美保も、あの子には酷いことしたよね」

中学時代、私たちは美保、春日、沙貴を含めた五人で仲良しグループを形成していた。

そのうち、沙貴一人だけが仲間外れにされるようになり、とくに美保と飛鳥の二人が面白がって、どんどんいじめがエスカレートしていった。

「湊だって、庇《かば》おうとしなかったじゃん。同罪だよ」

「うん」

「なんだかんだで、あんたが一番、沙貴のこと嫌っていたでしょ。暴力や嫌がらせはしなかったけど、沙貴を周りから孤立させようとしていたよね」

「……気付いていたんだ？」

誰も沙貴を助けないように、彼女の味方がいなくなるように、噂をばらまいた。

人間には多かれ少なかれ、嫌な面というのはある。

そういった些細《ささい》な性格の歪《ゆが》みと悪行をあげつらい、沙貴にはいじめられるだけの理由はあると、いじめられるのは当然なのだと周囲から思われるように、他のグループに告げ口したり、教師たちにも伝わるようにしたりした。

そうすると、沙貴に対する嫌悪感が、学校全体になんとなく漂うようになり、皆が彼女を避けるようになった。沙貴は学校に居場所がなくなっていった。

「確かに、飛鳥の言う通りだけど、ひとつだけ訂正させて。別に沙貴のことは好きでも嫌いでもなかった。ただ、学校からいなくなってほしい理由があっただけ」

「湊って、怖い女だよね」

枝豆をつまみながら、飛鳥が肩を竦めた。

「でも、それ以上にすごいと思ったよ。おかげで私も美保も、かなり調子に乗っていたけど、誰からもお咎《とが》めなしだったもん。感謝するわ」

まっすぐ見つめてくる視線に対し、曖昧に微笑んだ。

飛鳥は常にスクールカーストの上位にいる人間だ。

乱暴で気が強い女王気質。でも、人をよく見ている。

対等だと認めた人間は尊重するし、相手が本当に触れてほしくないことには、気付かないふりをする思いやりがある。人のいるところで、後ろ暗い秘密を話したりしない。


だから一番、一緒にいて気が楽だった。

飛鳥の賢さは、他の面々にはなかった美徳だ。とくに沙貴は口が軽い。

人の秘密を、後先考えず触れてくるのは、相手を軽く見ているからだと思う。

中学三年の秋、男から金をもらってホテルに入るところを、沙貴に見られた。

沙貴はどこか得意げに、嬉しそうに「湊の秘密を知っちゃった」と、皆の前でほのめかした。呼び出して必死に口止めをしたが、「本当にバレたくないなら、やらなきゃいいじゃん」と無邪気に首を傾げていた。

「これには、事情があって」

「えー、どうせ遊ぶ金欲しさってやつでしょ」

他人には他人の事情があることを想像もせず、秘密の重さを理解しようともしなかった。黙っていることに飽きたら、きっと噂を流すだろうと怖かった。そうなったら、家だけでなく、学校にも居場所が無くなってしまう。

彼女が学校中に吹聴し始める前に、消えてもらうしかないと思った。

その機会を窺《うかが》っていたとき、タイミングよく、美保が「沙貴を仲間外れにしよう」と提案してきたのだ。

読書家の沙貴は、勉強ができない美保を、あからさまに馬鹿にしていた。

中学二年のときに、美保がテストでカンニングをして怒られたことを、学年が上がっても執拗《しつよう》に何度もからかっていた。美保は相当、腹に据《す》えかねていたのだろう。ある日、「我慢できなくなった」と、沙貴を除いたメンバーに復讐を持ち掛けた。

真っ先に、同じく見下されていた飛鳥が乗っかり、次に、渡りに船の私が乗っかり、最後に、美保に懐いていた春日も乗っかった。

私たちのいじめは、最初は沙貴をひたすら無視することから始まった。

「今思えば、めちゃくちゃしたな」

飛鳥は枝豆の皮を指で弄んでいる。

沙貴は無視されていることに気付くと、仲間に戻してもらおうと必死に媚《こ》びてくるようになった。突然の、カースト上位から、最下位への転落に慌てていた。

もともと攻撃的な性格の美保と飛鳥は、彼女が弱っていくのを面白がり、どんどん虐待を繰り返した。

「最初はせいぜい『親の金盗んで来い』とかだったけど」

「どこまで耐えられるか、やり過ぎちゃった」

「あの子もあの子だよね。酷い目にあわせても、一緒にいたがるんだもん。どこまで耐えられるか、やり過ぎちゃった」

「私たちと一緒にいたいというか、『友達のいない自分』を認めたくなかっただけでしょう。変なところでプライドが高いから。結局、いじめられてることすら、誰にも言わなかったみたいだし」

当時を思い出しながら答える。

風評操作の結果、沙貴はまんべんなく嫌われており、他のグループにも入れてもらえなかった。周りから惨《みじ》めなひとりぼっちだと思われるよりは、いじめに耐えても私たちのグループの一員でいたかったのだろう。

馬鹿だなあ、とは思う。

「そういうところが、ムカつくんだよね。結局、あいつにとっての友達って、自己満足の道具でしょ。うちらのこと見下してたくせに、なんで縋りついてくるかなあ」

吐き捨てるように話す。「そういえば」と問いかけられた。

「まだ、写真持ってる？」

「写真というか、動画かな」

「マジか。動画撮ってたの？　鬼畜すぎ」

愉快そうに飛鳥が笑った。

沙貴が学校に来なくなった決定打は、美保の最後の悪ふざけだ。彼女を全裸にして、散々いたぶった後、通学路に放置した。

中学三年の冬、学校からの帰り道で、青い顔をした沙貴を真ん中にして、美保と飛鳥の二人が盛り上がっていたのを覚えている。私と春日はその少し後ろを歩いていた。林道に差し掛かったとき、美保が口を開いた。

「ねえ、沙貴がどこまで言うこと聞けるか、試してみない？」

「でも、もう色々やったよね。ちょっと飽きてきた」

そのころ、二人の間で流行《はや》っていたのは、「○×ゲーム」だ。沙貴が何かをするたび、それについて批評し、間違っていると判断したら、「ブッブー！」と、彼女の肩や腹を殴った。殴るといっても本気ではなかったので、教師たちはじゃれ合いだと判断した。

たとえ心配して口を出しても、沙貴が頑なに「何でもない。遊んでいるだけ」と言い張ったので、次第に何をされていても、放っておかれるようになっていった。
○か×かの基準はあべこべだった。
二人の許可なく手洗いに行った、昼食を椅子に座って食べた、水飲み場で水を飲んだ……。おおよそ、常識的には正しいと思える行動を全部「×だ」と殴ったので、沙貴は混乱した。

そして彼女の行動が世間一般とは真逆になった後で、○×の基準を元に戻した。「トイレ行くのわざわざ報告しに来るとか、幼稚園児かよ」、「床で食べるのって犬みたい」、「うわ、便器の水を飲んでる！　キモッ」……。

間違えるたびにまた罵って殴り、怯えた沙貴が何もできなくなっているのを見て、二人は嘲笑《あざわら》った。

私と春日は、沙貴の尊厳が削られていくのを、ただ黙って見ていた。

「じゃあ、そろそろ卒業だし、式の練習しよっか。沙貴がちゃんとできるか、見てあげる」

そう言って、寒空の下、美保は沙貴に服を脱ぐように命令した。ブラジャーやパンツも許されず、沙貴は両手で局部を隠して、前かがみになった。吹き荒ぶ風に鳥肌が立っている。美保が式辞を読む真似をした。

「私たちの思い出を振り返ります。五月の体育祭、ソーラン節。……はい、沙貴、踊って」

「え、え」

「遅い」

飛鳥が頬を張った。沙貴は慌ててパカッと股を開き、腰を落として網を引くソーラン節の動作をする。「笑顔大事！　笑って」「もっと腰振れよ」「ウケる。普通に変態じゃん」……。車通りが少ないとはいえ昼間の公道で、沙貴は引き攣《つ》った笑いを浮かべて無様な姿を晒《さら》し続けた。私は彼女に名前と自宅の住所を叫ばせ、その姿を撮影した。春日はずっと周囲を気にして強張った顔をしていた。

飛鳥が思い出し笑いをしている。

「美保がさ、途中で急に沙貴のあそこの毛を剃《そ》りはじめたのには笑ったわ。『式のとき、イイ感じだから』って、本当に全裸で出席させるつもりだったのかよ」

ありがとうございます、ありがとうございます、と沙貴は土下座でお礼を言わされた。そのまま犬が腹を見せるような仰向けの姿勢を強いられ、コートを着たままの私たちと記念撮影をした。

「あの時、私がSNSに沙貴だけを切り取った写真を上げようとしたら、湊は『わいせつ写真でアカウント停止されたいの？』って止めたよね」

「うん」

私は飛鳥を止めた後、泣いている沙貴に近づいて、『全世界に恥を晒されたくないでしょ？　お互いに、バラされたくないことは内緒にしておこうね』と耳元で囁《ささや》いた。

私は沙貴の弱みを握ったことで、彼女のことが怖くなくなった。

次の日から、沙貴は学校に来なくなり、卒業式も欠席した。高校入試は終わっていたので、彼女はそのまま進学し、今この学校に在籍している。

今振り返っても、かなり凄惨ないじめだったが、美保や飛鳥としては、単なる悪ふざけの一環だったのだろう。

その証拠に、飛鳥はずっと笑いながら、思い返している。

「沙貴が何でも言うこと聞くの、必死になればなるほど、気持ち悪くて軽蔑《けいべつ》しかなかった。どんどん嫌いになっていった。湊もそうでしょ」

「私は別に」

「そういう春日みたいな、いい子ぶった態度は萎える」

「いい子ぶっているわけじゃないよ。私もいじめに加担していたしね。沙貴には学校から消えてほしくて、それ以外を考えてなかっただけ」

売春が沙貴にバレた時、誰も沙貴の話を聞かなくなればいいのに、と願った。

「それが嫌いって言うんじゃん」

「そうかな」

本当に嫌いなら、沙貴と縁を切るような気もする。誰に頼まれても、家に遊びに行ったりはしないだろう。

「私、春日も嫌いだな」

飛鳥が呟《つぶや》いた。

「あいつも沙貴みたいに、私のこと馬鹿にしているでしょ。頭が悪いって」

「まあ、そうね」

嘘《うそ》をついても仕方がないので、否定はしない。

「人のこと、心のなかで馬鹿にしてるくせに、顔を合わせるたびに、『危ないことはしちゃダメ』とか『友達は大事にしなさい』とか、さも『あなたのためを思って』みたいな顔で説教してくるのが、マジでむかつく」

確かに、と頷いた。

「癇《かん》に障るのは分かる。基本、上から目線だし」

「湊は、なんで春日と一緒にいるの？　中学の頃はともかく、あの偽善者面の優等生ちゃんと、気が合うタイプじゃないっしょ」

「一緒にいると、先生方のウケが良いから。あと、私が持っていない予備校の参考書を見せてもらえる」

飛鳥は爆笑した。

「本当、湊は自分に正直で、打算的だよね。だから好きだよ」

私も同じ、と飛鳥は続けた。

「誰にも搾取されたくないよね」

◇

飛鳥と別れた後、継母が寝る時間になるまで、自宅からほど近いコンビニのイートインスペースで時間を潰した。レジの横に、窓に沿ってカウンターと椅子がある。今日使った金額を家計簿アプリに入力した後、春日にコピーさせてもらった予備校の参考書と教科書を開いて、中間試験の勉強をする。

ほぼ毎日、勉強しに来ているので、店員には目をつけられているが、照明があり、フリーＷｉＦｉがあり、暖房が効いているので、天国のような場所だった。

フリーＷｉＦｉの使い方は飛鳥から教えてもらった。「いま家にネット回線が無いから、地味に使いまくってる」と笑っていた。

しばらくテキストに集中して進めていると、スマートフォンが鳴った。

『今日、来てくれなかったね』

春日からのＰＩＮＥメッセージだ。

『飛鳥とカラオケに行ったの？』

恨みがましい調子で言葉が続く。もともと気乗りしていなかった、どう考えても降霊術より奢ってもらうカラオケの方が魅力的だった、約束もしていない予定に拘束されるなんてうんざり……。いろいろな思いが去来し、どう返信しようか迷い、面倒になって『ごめん』とだけ返した。

メッセージでのやりとりは、返事したくないことを笑って誤魔化せないから、あまり好きじゃない。

すぐに打ち返しがきた。

『別に責めているわけじゃないけど。置いていかれて寂しかったんだからね』

『ごめん。クラスの女子がほとんど参加していたんでしょ。私、要らないかなと思って』

『それが思っていたほど、人が来なかった。みんな怖くなって尻込みしたっぽい』

チャットルームでは二十人くらいが降霊術に乗り気な発言をしていたが、実際に集まったのは六人ほどだったそうだ。

『実は、沙貴も来ていたんだ。学年チャットのSって子、沙貴のアカウントだったみたい』

『沙貴と顔を合わせるの、気まずかったでしょ』

『うん。Sが沙貴だと分かったとき、正直、困ったことになったとは思った。昔のこと考えると、やっぱり居心地悪いじゃん。恨んでいるだろうし。でも、そういう話にならなかった』

沙貴は何も気にしていない様子で、春日に「久しぶり」と、声を掛けたという。

『あ、大丈夫なんだ、って思って安心した』

それから、コックリさんの詳しいやり方を教えてくれたという。

教室の机の上に、沙貴が持ってきた《はい、いいえ、鳥居、男、女、0から9までの数字、ひらがな五十音表》を記入した紙を広げ、その上に十円玉を置いて参加者全員の人差し指を置いた。「コックリさん、コックリさん、おいでください」と呼びかけると硬貨が紙の上を動いて言葉を示した、と話す。

『ちゃんと美保の霊が降りてきた。み、ほ、って名乗ったから、間違いない』

『それ、誰かが指に力を入れて動かしていただけじゃないの……？』

『湊ちゃんは実際に見てなかったから、疑うんだよ。あのね、美保の霊はまだ成仏していないんだよ。はっきり分かった』

何やら妙な信仰を固めている春日に対し、どう返事したら良いか分からない。リアルでのやりとりなら、笑顔で誤魔化しているところだ。

『……その美保の霊は、なんて言っていたの』

『それが、途中で邪魔が入っちゃって』

彼女たちが美保の霊と信じるものへ、「生者へのメッセージはないか」と呼びかけたときに、ちょうど学年主任の日吉が教室に入ってきたという。日吉によってコックリさんは即刻中止。全員帰宅させられた。

正しい手続きを踏まないで儀式をやめた場合、良くないことが起こるという不吉な知識が頭をかすめたが、その場にいた沙貴は何も言わなかったようだ。わざわざ怖がらせる必要はないと思い、私も黙っていることにした。今更どうしようもないし。

その後、春日は沙貴と一緒に帰り、道すがらオカルトについての講義を受けたという。

『沙貴って、すごく物知りで、感心しちゃった』

メッセージだけでも、春日のはしゃぐ様子が十分にうかがえた。

『ねえ、気を悪くしないでほしいんだけど、春日はなんで、そんなに美保にこだわるの？』

『どういう意味？』

『高校に入ってから、春日と美保が仲良いイメージは無かったから、純粋な疑問。あと中学のときも、優等生の春日と、ギャルの美保の組み合わせは、不思議だった』

しばらくして返信がきた。

『高校で疎遠になっちゃったのは、進学と普通でクラスが分かれちゃったから。頭が悪い普通クラスの子と遊んじゃダメって、お母さんに言われていたんだ』

お母さんは美保の外見しか見ていないから、と春日は続けた。

『派手な見た目のせいで、頭が軽いとか、男好きだとか、誤解されがちだけど、本当の美保は、友達思いのすごく良い子なんだよ。中学二年の時、美保のカンニング事件があったでしょ』

『うん』

『あれ、本当はカンニングしていたの、私なんだ』

どうしても前夜までの勉強で覚えられないところがあり、悪い点を取ってしまったら母親に何を言われるか分からない、という恐怖心で、小さくメモにしたカンニングペーパーをシャープペンの筒の中に入れていたという。テスト中にこっそり、取り出して読んでいたところ、爪で弾《はじ》いてしまい、床に落としてしまった。教師が落としたメモを拾い上げて、「誰のものか」と問い質したとき、後ろの席だった美保が「私のです」と手を上げた。

『美保、私がカンニングしていたの、気付いていたみたい』

テストは中断。美保はそのまま職員室に連れて行かれ、出席停止一週間の処分となった。

戻ってきた彼女に、春日が「なぜ、身代わりになったのか」と聞くと、あっけらかんと「だって、うちら友達じゃん」と答えたという。「春日の家は親が厳しくて大変っしょ。うちはユルいし、もともと私は頭の出来が良くないから、処分喰《く》らって内申点下げられてもそこまでダメージないし、別にいいと思った」と。

『いくら勉強しても、親が望むような〝賢い子〟にはなれないけど。美保だけは「春日が、いつも頑張って勉強しているの、知っているよ」って、本当に困ったときに助けてくれた』

『そうだったんだ』

『わたし、高校に入ってから、美保と疎遠になってしまったのが、ずっと引っかかっていた。本当はずっと仲良しでいたかったのに』

これは春日の懺悔《ざんげ》だ。

『死んじゃうなんて、信じられない。無念を抱えたままなら、絶対に晴らしてあげたい。今となっては、私があの子にできるのは、それくらいだから』

美保が死んでから、春日が犯人捜しにこだわっていた理由は分かった。どう返答すべきか迷って、『うん』とだけ返した。

『でね、沙貴が言うには、美保の霊を呼ぶには、今日はもともと、美保をよく知らない人ばかりで、雑念が多かったんだって。だから、美保のことをよく知っている人だけで、呼び出そうって誘われた。そうしたら、成功率が上がるんだって』

この話の流れは嫌な予感がする。思った通り、春日は言葉を続けた。

『来てくれるよね？』

今日、飛鳥との約束を優先してしまった手前、今度は断りにくかった。

仕方ない。たっぷり三秒ほどため息を吐いたうえで、返信した。

『いいよ』

『明日の放課後、沙貴の家ね』

ピロン、と間の抜けた顔のウサギのスタンプが親指を立てている。

それ以降、スマートフォンが沈黙したので、その隙にテキストを進める。

三十分くらい経って、また春日がメッセージを送ってきた。

『そういえばさ、中学時代に撮った沙貴のあの写真、今もデータを持ってる？』

あの写真がどの写真を指すのか、ピンときた。なんとなく春日には、動画のデータを残していることを言わない方が良い気がして、『いいや』と嘘をついた。

『あんまり愉快なものでもないし、消しちゃった』

『良かった。沙貴がすごく気にしていたから、それを聞いたら、きっと安心するよ』

帰り道でしつこく聞かれたという。

『あと、飛鳥はまだ持っているのかって、知ってる？』

『知らない』

『私、湊ちゃんには聞けても、飛鳥には話しかけたくないんだよね。だから沙貴に、多分持っているんじゃない？って答えたら、深刻そうな顔をしていた』

春日自身は、まだ消さずに持っていたので、沙貴の目の前でデータを消去したのだという。それで禍根を水に流してくれた、らしい。

『私、沙貴がいじめられているのを、見て見ぬふりしていたの、ちょっと後悔している』

あのころ、春日はいつも不安そうな顔をしていた。正義感が強いので、間違ったことをしているという気持ちが強かったのだろう。

『今日、沙貴に謝ることができて、本当に良かった。胸のつかえが取れたよ』

『それは、良かったね』

『湊ちゃんも沙貴に謝った方がいいよ』

余計なお世話だ、と返しそうになったが、すんでのところで押し留《とど》める。

『いや、私はいいよ』

『なんで。許してもらうと、気が楽になるよ』

あまりにも無邪気な言葉に苦笑いした。

『いいんだ。それだけのことをした自覚はあるから』

もとから、許してもらおうなんて思っていない。

◇

時計の短針が、てっぺんから二つ進んだころ、自宅に戻った。丑《うし》三つ時。玄関ドアを開けると、暗く淀《よど》んだ冷たい空気と、高齢者がいる家特有の臭気を感じた。

家に帰ってくるといつも、母の首吊《くびつ》り姿を思い出す。不倫していた夫への当てつけだったのだろう、玄関奥の梁《はり》にひもをくくって、垂れ下がっていた。ちょうど今の私みたいにドアを開けた人間が、吊られて膨らみ、やや下を向いた自分の顔を見ることになるように。血走ってぎょろんと飛び出た目玉と目が合うように。

綺麗だった母の無残な姿。

底知れぬ冷気が這《は》い上がってきて、体を震わせた。

昭和からある木造二階建ての自宅には今、父方の祖母と継母と自分の女三人だけが暮らしていた。他の親戚とは縁が切れている。父は仕事の関係で、一年の大半が留守だ。祖母は認知症が進んでいて介護を必要としているので、継母がその世話をしている。

古い家なので、昔の間取りだ。一階には居間や和室や客間に加え、台所や風呂場などの水回りがあり、二階に書斎と寝室がある。

靴を脱ぎ、音を立てないよう、そっと板張りの廊下を進む。自分の部屋は、玄関の先にある階段下の物置だ。もともとの自室は二階にあったが、家に帰らない日が続いたときに、服やら本やら、勝手にすべての所有物を物置へ移動させられていた。自分の荷物はともかく、母の位牌《いはい》までゴミのように一緒くたに投げ込まれていたのには、手指が震えるほどの憤りを感じた。

帰ってきたことを知られたくなかったので、明かりは点《つ》けない。スマートフォンのバックライトだけを頼りに暗闇を進む。

家のなかは静まり返っていた。時折、客間から祖母の酸素吸入装置の動作音が聞えてくる。かつては祖母の部屋も二階にあったが、寝たきりになって以降は、風呂やトイレの手間などを考え、玄関脇の客間に介護用ベッドを置いて、そこで暮らしている。いま二階を使っているのは継母だけだ。二つの部屋の間にあった壁を取っ払い、広い寝室として使っているらしいが、ここ数年は階段を上がっていないので、くわしくは分からない。

母が自殺してすぐ、見計らっていたかのように継母が家に住み着いた。タイミング的に、父の不倫相手であることは明らかだったので、当初から私たちの仲は険悪で、反目しあっていた。

彼女が来てすぐのころ、どんどん母の遺品を処分していくことに腹を立て「この家が乗っ取られる」と、父に言いつけたことがある。

「お母さんになる人に、なんてことを言うんだ」と、殴られただけだった。

実の娘の私ではなくて、あの女の味方になるのか、と絶望した。

だが、実際は少し違った。それは母の葬儀から一か月も経たないうちに判明した。父は迎えたばかりの後妻に実母の介護を全て押しつけ、帰ってこなくなった。

「仕事があるから、仕方ないだろ。家のことは任せたぞ」

父は、家長として尊敬されたい、周りから孝行息子だと思われたい、女と遊びたい、それをただ楽に叶《かな》えたいだけの人間だった。私は母が死んでからそれに気付いた。継母も、嫁いできて半年も経ったころには、それに気付いていたと思う。

父と継母は電話のたびに喧嘩するようになり、そうなると父は、毎月いくばくかの生活費を振り込むばかりで、家には寄りつかなくなった。まるきり母の時と一緒だ。

そう考えると、継母も哀れなところがある。意気揚々と恋の勝利者と信じて乗り込んできた先の家には、前妻とそっくりな顔に憎悪を募らせる義理の娘と、高齢でボケが進んだ要介護の義理の母親。愛する恋人は、夫になった瞬間、彼女を置いて逃げ出した。

継母は不安や苛立ちを紛らわせるように、どんどん金遣いが荒くなっていった。一階の居間にはネット通販の段ボールのほか、チョコレートやハムなど高級食材のお取り寄せの空き箱が溢《あふ》れかえっていた。祖母の蓄えや年金に手を付けているのには気付いていたが、どうしようもない。

祖母はいつまで経っても、継母の名前を覚えなかった。自分の世話をしているのは女中だと思っている。昔は裕福な家の一人娘だったと聞く。呆《ぼ》けた頭では、今でもお嬢さまなのだろう。まだ体がしっかりしていたころ、継母の介護に不満を抱いて、「お前みたいな気が利かない中年女、雇うんじゃなかった」と罵り始めたことがある。私は爆笑し、継母に死ぬほど殴られた。その時の継母はすごい形相をしていた。

私は、祖母のことも好きではなかった。姑《しゅうとめ》として母を苛《さいな》んでいた記憶ばかりだ。だから、だんだん頭と体が衰えてきて、継母との力関係が逆転し、雑な扱いをされるようになっても、自業自得。助けようとは思わない。

ここは地獄みたいな場所だ。

大学進学を口実に出て行くつもりだが、「女に学問はいらない。だから学費は出さない」というのが、父の考えだ。そして継母は、この家に乗り込んできてすぐ、母が管理していた私の預金通帳を没収したくらいには、家の財産全てを自分のものだと考えている。

随分前に、「実の祖母の面倒も見ない奴に、食事はないからね。風呂だって、水道代とガス代がかかるんだから、使いたければ家に生活費を入れなさい」と言われていた。

こっそりと暗い台所へ足を運び、冷蔵庫のなかを漁《あさ》って、ハムを取り出す。家の中を動くのは、継母が寝た後だ。見つかったら、何をされるか分かったものではない。

遠いところで、家族と縁を切って一人で生きるために、大学卒業くらいの学歴は欲しかった。まとまった金が必要だった。正規のアルバイトは保護者の許可が必要で、そんなことをしたら、稼いだ金を継母に奪われるのは目に見えている。それに、自分の食費や生活費を賄《まかな》いながら、まともな方法で学費を貯《た》めるのは至難の業だ。売春に手を出したのは苦渋の選択だった。継母はこちらが後ろ暗い稼ぎに手を染めているのを察しているらしく、新しく作ったネット銀行のキャッシュカードの在処《ありか》を執拗《じ》に探ってくる。探ってくるだけならまだしも、いつまでたっても口を割らないのに焦れたのか、この前はいきなり熱湯をぶっかけてきた。

ハムを抱えたまま、そっと物置の中に閉じこもった。物が詰め込まれた狭い空間に、自分の体も詰め込むようにして座り、ビニールをはがす。

「良いものを食べているなあ……」

高級品だろうハムは美味《おい》しかった。

寒さに加えて、変に体を折り畳んでいるせいで、足の指から痺《しび》れてくる。エコノミー症候群という単語が頭にちらついた。指先に息を吹きかけ、足を揉んだ。できればシャワーを浴びたい。水音を立てずに浴びなければ。惨めさに目頭が熱くなり、かじっているハムはだんだん塩気が強くなってきた。

母は死んだのだ。あの美しい人が、あんなに酷い死に方をした。

最後は恨みのあまり、狂気じみた言動ばかりになっていた。

「みんな、私のことを馬鹿にして笑ってるんでしょ。声が聞こえるわ」、「私は綺麗よ！　私を見てよ！　なんで見ないのよ！　なんで帰ってこないのよ！」、「私の人生、こんなはずじゃなかった。おうちに帰りたい。ここは私の家じゃない」

母の心を安らげたい一心で、私は話を合わせて慰め、宥めて、理解しているふりを続けた。お母さんを支えてあげなきゃと思った。いつか元の明るいお母さんに戻ると信じていた。

だけど、ある日、首を吊って、それで終わり。私は一人になってしまった。

遺書には、父たちに対する、嘆きと恨みばかりが綴《つづ》られていた。

『あんまりだ』『呪ってやる』『殺してやりたい』『死ね』『みんな殺してやる』

あの人を追い詰めた父も祖母も継母も、みんな死んでしまえばいい。

頰に涙が伝う。母の最期を思うと止まらなくなる。孤独に逝《い》かせてしまった。ずっと傍《そば》にいたのに、一人で逝ってしまった。

学年チャットを覗くと、『コックリさんは、美保の霊だった』『美保は自分を殺した犯人を皆に知らせようとしている』『犯人を呪い殺そうとしている』と繰り返しコメントがされていた。画面には呪いと殺人の文字が躍っていた。

本当に、呪いがあればいいのに。

「呪いって、弱者の武器なんだよ」と笑った沙貴の顔を思い出す。

「呪いって、あると思う？」と怯えた飛鳥の顔が脳裏にちらつく。

『呪ってやる』と書き残して、首を吊った母の顔が頭から離れない。

母は弱い人だった。私も自分が弱者だと知っている。

呪いがあるなら真っ先に、父たちを殺していた。

そしたら、今より少しは楽に息ができたと思うのに。

◇

翌日の放課後、私は約束通り、春日と自転車を並べて、沙貴の家に向かっていた。

遠くに見える山並みが、燃えるように赤くなっている。空気は乾燥し、肌を切り裂いていく。寒風が落ち葉を巻き込んでつむじを巻き、コートを着ていても体は冷える。

「昨日、なんで飛鳥の方へ行ったの？」

またその話かと、辟易《へきえき》する。春日は妙にしつこかった。

「私より、飛鳥が好きなの？」

「その言い方、ちょっと怖いな」

小学生女子の独占欲か、それとも男女の痴話喧嘩か。

そのまま話題を終わらせたかったが、なお春日が何か言いたげに、こちらを見つめてくるので、仕方なく話を続けた。

「飛鳥の方が好きとか、そういうのとは違う」

「じゃあ、なんで」

「降霊術よりも、奢ってもらうカラオケの方が魅力的だった」

「それって昨日、『お金が無い』って言っていた話と関係している?」

「よく覚えているね」

踏み込んできてほしくない話題に触れていることに、さっさと気付いてほしい。

春日はペダルに体重をかけて、力強く踏み込んだ。

「見ていると湊ちゃん、無駄使いが多い」

勢いよく春日の自転車は進む。

秋の日差しにピカピカ輝く、彼女の自転車はイタリアの老舗《しにせ》ブランド、ビアンキのものだ。春日は言葉を続けた。

「お金が無いなら、お昼を購買で買うのを止《や》めなよ。家からお弁当を持ってきなよ」

「……はは」

お前みたいに恵まれた家庭ばかりだと思うなよ、と喚《わめ》き散らかしたい気持ちを抑えて、曖昧な笑顔を作った。

春日は納得していない顔をしている。

内緒話をするように、声のトーンを落とした。

「あのね、良いアルバイトを紹介しようか。冬だけの期間限定なんだけど」

「は？」

春日と〝良いアルバイト〟のイメージが繫がらなくて、素っ頓狂な声が出た。

「春日がやっている冬のバイトって、郵便局の正月のハガキの仕分けでしょ。最低賃金のやつ」

千円にも満たない時給では、大学への進学資金を貯めるのに、途方もない時間がかかる。しかも保護者の許可が必要で、私にとって、まったく旨味《うまみ》がない。

ちょっと嫌そうな顔をしたことに気付いたのだろう。春日は慌てて言葉を継いだ。

「違う、違う。根釧神社の境内の雪かきと、氷柱《つらら》割のバイトがあるんだ」

高校の隣には、鎮守の森を挟んで、市内で一番大きな神社がある。敷地は広大だが、鳥居下の参道を除いて除雪車が入ってこられないため、積もった雪や、本殿や拝殿、宝物殿などの軒先に垂れ下がる氷柱を、取り除くアルバイトがあるのだという。

「時給は三五〇〇円。かなり良いでしょ」

「そんな仕事があるなんて知らなかった」

「一般募集はしていないよ。お父さんが宮司さんの知り合いなの」

「ああ」

春日の父親は、開業医で地元の名士だ。そういう伝手《つて》もあるのだろう。

「身元のしっかりした子なら歓迎って言っていたから、一緒にやろうよ」

彼女は無邪気に笑う。

「それ、親の許可が必要だよね」

「もちろん」

そうだよね、とため息をついた。

「とても心惹《こころひ》かれるけど、うちは親が厳しいから無理。でも、ありがとうね」

「湊ちゃんは、私と一緒が嫌なの？」

「……どうして、そうなるのさ」

「私といるより、飛鳥といる方が、なんか楽しそう」

図星だが、否定しておく。

「そんなことないよ」

「飛鳥は不良だよ。うちの両親も、不良と付き合うのは止めなさいって言っていた」

力なく笑った。

「それを言うなら、私も春日の両親に好かれてないよね」

母が、夫の不倫を苦にして心を病み、首を吊ったことは、醜聞となっている。彼女の両親に、得体の知れない家庭の子だと思われているのは知っていた。

「湊ちゃんは、頭が良いから、まだ大丈夫だよ」

「春日の家は、娘の友達を学力で判断するの？」

「友達だけじゃないよ」

春日は、らしくない乾いた笑い声をあげた。

「私でも、テストの成績が悪ければ、捨てられるんじゃないかなって、思うことはあるよ」

◇

沙貴の部屋は相変わらず、雑然としていた。春日は物珍しそうに周囲を見回している。

せっかく日当たりの良い部屋でも、遮光カーテンが引いてあるうえに、曇天の夕方となれば薄暗い。沙貴は照明をつけた。

「よく来たね」

パジャマ姿の沙貴はニヤニヤ笑っている。

「なんでパジャマなの？」

「さっき起きたから。てか、まだ一時二十分じゃん。学校サボったの？」

くはっとあくびをして、沙貴が答える。

私は春日と顔を見合わせ、壁掛け時計を見た。

「いや今、四時五分よ。この時計、相変わらず、長針と短針が逆に見えるね。それでも、三時間近く間違えるのはどうかと思うけど」

「外に出ないと、時間の感覚がなくなるんだよね」

「言うほど、ずっと家にいるわけじゃないでしょ」

先ほど、沙貴の母親に挨拶したとき、「最近は、少しずつ沙貴も外に出るようになって嬉しい」と話していた。先日の降霊術会以外にも、外出はしていたのだろう。

「あー、この前は模試にも出たよ」

直近の模試があったのは、美保が死ぬ一か月前だ。

「大学行くつもりなの？」

「うん」

「出席日数足りる？」

「足りてない。でも、救済措置がある。去年も進級できたわけだし。学校に通えるようになったら、普通の人生にも戻れるわけで」

「学校に来られそうなんだ？」

「今は無理だけど、そのうち」

沙貴は笑った。

「もし通えるようになったら、私も進学クラスだから、湊たち二人と同じだね」

沙貴とばかり話していることに気付いた。

見ると、春日は俯《うつむ》いている。

「春日？」

「ねえ、沙貴と湊ちゃんって、仲良かったの？」

「どういうこと？」

「私が沙貴と仲直りしたの、つい数日前なんだよ。この部屋に来たのも初めてなのに。

湊ちゃんは違うみたい」

「まあ、確かに何度も来たことがある」

高校一年の冬、町で偶然出会った沙貴の母親に頼まれたのだ。

「沙貴のことをお願い。ずっと家に引きこもっていて心配なの。理由を聞いても『何となく』しか言わないし。このままじゃ、あの子がダメになっちゃう。うちに来て、話し相手になってくれない？」

不登校の原因が会いに行くのは、余計に沙貴の状態が悪化するのではないかと思ったが、私は〝母親〟の頼みに弱い。断れないでいると、強引に家に招かれ、それから沙貴の母親を安心させるために、定期的に通っていた。

「でも、春日が思っているのとは、ちょっと違う。私は沙貴と、仲直りはしてない」

「そうそう、湊はうちのママに頼まれて来ているだけ」

沙貴はケラケラ笑った。

「なんて言ったって、最初に来た時、部屋のドアを閉めて二人きりになった後の第一声が『いじめの件は、謝らないよ。期待していたら悪いけど』だったもんね」

「うん」

そして、今に至るまで、かつての行いを謝罪していない。

「もうさ、部屋の隅に縮こまっている私と距離を詰めるわけでもなく、ずっとドアの前に立っていて、『おばさんから、話し相手になってほしい、と言われたから来ただけ。帰ってほしいなら、すぐ帰るから』って言うわけよ。マジで意味が分からなくて怖かったわ……」

「怖かったなら、そう言えば良かったのに」

「言える？　あんた、私の不登校の原因よ？」

「それは、私も大丈夫なのかな、とは思っていた」

「いまだに湊のことは、分からないわ」

私と沙貴の軽口の応酬を、春日は呆気《あっけ》に取られて見ていた。

沙貴は安心させるように、春日へ笑いかけた。

「春日が心配するように、抜け駆けで湊と仲良くなったわけじゃないよ。別に湊だって、春日を出し抜いて、別の友達を作ろうと思ったわけじゃないから、大丈夫だって」

何が大丈夫なのかはよく分からないが、沙貴の言葉に乗っかった方が良いのだろうと判断して、私も春日に微笑んだ。彼女はなんとなく安心したような顔をしている。

「じゃあ、さっそく降霊術をやりますか」

沙貴が腕をまくった。

「こういうのは雰囲気も大事だから、とっておきを出してあげる」

雑貨棚から木製のウィジャ・ボードを取り出して、座卓の上に置いた。

「本当にやるの？」

気が進まない。ボードが置かれた瞬間に、美保の葬儀から続いている得体の知れない不安が蘇《よみがえ》ってきた。

「だって、これが目的でしょ」

「そうだよ、湊ちゃん。何のために来たと思ってるの？」

せっかく上向いた春日の機嫌を損ねるのは面倒だった。

嫌な予感を呑み込み、しぶしぶボードの前に座る。年代物で、黒い木肌は艶めいていて迫力があった。

「こんなの持っていたんだ」

ずいぶん本格的なアンティークだ。値段も張るだろう。

「オカルト、好きだからね。海外のオークションサイトで落札した」

ウィジャ・ボードは、例えるなら西洋版コックリさんだ。アルファベットや数字など文字が書かれたボードが一枚と、文字を指し示すために使うハートの形をした器具、プランシェット（フランス語で小さな板の意味）一個からなる。参加者がプランシェットに指を置いて質問をすると、力を入れずとも霊魂が降りてきて動き出し、ハートの先端でボードの文字を指して回答を示す、というわけだ。

沙貴は照明を消し、三本のろうそくを灯《とも》した。

「3は割り切れない強固な数字。オカルト的にも、魔除けにぴったり」

うきうきと弾む沙貴の声に、思わず突っ込む。

「魔除けなんてしたら、美保が来られなくなるんじゃない？」

「ちょっと、美保を魔物扱いしないでよ！」

春日に叱責された。ごめん、と呟く。気が滅入って仕方ない。

薄暗い室内。ろうそくの心許《こころもと》ない灯《あか》りによって、ぼんやりと私たちの顔とボードが浮かび上がる。

「うわ、雰囲気ある」

春日が歓声を上げた。どんどん上がっていく彼女のテンションと反比例するように、私のテンションは降下の一途を辿《たど》っている。

「じゃあ、指を置いて」

三人の人差し指が置かれたところで、天井の方へ顔を上げて沙貴が尋ねた。

「美保、降りてきてもらえますか」

プランシェットはぴくりとも動かない。

「やっぱり、降霊術なんて無理だよ」

指を離そうとしたが、二人に押さえつけられた。

「諦めるのが早い。だいたい、そうやって疑っている人がいると、降りてくるものも降りてこなくなる」

「そうだよ、沙貴の言う通りだよ。信じなきゃ」

責められて、指を置きなおした。

もう一度、今度は春日が上を向いて呼びかけた。

「美保、いますか」

日が傾いてきて、どんどん室内が暗くなっていく。揺らめくろうそくの灯りだけが、唯一の光源だ。三人とも沈黙のまま、時計の秒針の音だけが響いていた。

「美保、来て」

さらに春日がそっと呟いたとき、プランシェットはゆっくりYESを指し示した。

「ほら来た」

囁くような声で春日が喜ぶ。

沙貴が笑みを浮かべた。私は沙貴が動かしたのではないかと疑っていた。

春日は身を乗り出した。

「美保は誰に殺されたの？」

勢い込む声に戸惑うように、プランシェットがカタカタ鳴った。

「知っている人？」

YESの場所から動かない。

「同じ学校の生徒？」

YESの場所から動かない。

「同級生？」

YESの場所から動かない。

「名前を教えて」

プランシェットがアルファベットの方へ動き出したとき、我慢できなくなって指を離した。

「湊ちゃん！」

春日が悲鳴を上げる。

それを無視して、黙ってろうそくを吹き消し、立ち上がって照明のスイッチを押した。

パッと、魔法が解けたように、白々しい明かりが部屋を包む。

「ふざけんな」

低い声が出た。

沙貴が興味深そうにこちらを見ている。春日が非難の声を上げた。

「なんで！　美保が教えてくれるところだったのに！」

「茶番は止めて。どうせ沙貴が動かしているんでしょ」

「まさか」

沙貴は笑いを口に含んだように答えた。

「そうだよ！　誰の指にも力なんて入ってなかったじゃない」

叫ぶ春日に向かって、低く唸《うな》った。

「無理に力を入れなくても、動くでしょ。こんなの」

軽い木の欠片《かけら》だ。少し意識するだけで、その方向に滑っていく。

「やっと、美保を殺した犯人が分かるところだったのに！」

「死んだ人間がメッセージを送るなんてできないんだよ！」

悲鳴に対して、怒鳴り返した。春日が、びくっと肩をふるわせる。

美保が、ここに降りてくるのが怖かった。

母が死んだあと、霊魂だけでもいいから戻ってきてくれないかと、何か声を掛けてくれないかと、図書館や古本屋でオカルト本を探し、あらゆる方法を片っ端から試した。深夜の水鏡も、砂の上に棒で描くフーチも、もちろんウィジャ・ボードも。父は母のことを気味悪がっていたし、私以外に母が死んで悲しむ人はいなかったから、ずっと一人で。

私は母が恋しかった。藁《わら》にも縋る気持ちだった。父への殺意でも、継母への恨み言でも、なんでもいいから、私に向かってちゃんと話をしてほしかった。私には母しかいなかったのだから、母にだって私しかいなかったはずだ。

でも、一度も、降りてきてくれなかった。

何回も何十回も何百回も試したけれど、何も起こらなかった。

だから、霊魂なんて無くて、死んだらそれっきり。この世からは消えてなくなるのだと、自分を納得させた。

もし万が一、ここで、沙貴がプランシェットを動かしているのではなく、美保が降りてきたということになったら。お母さんはなんだったのだろう。私のこと、全く思い出してくれもしないの？　やっぱり、置いていったのは、私のこと、何にも思っていないってことなの？　私は何か、失望させるようなことをした？　見捨てられたの？

それが明らかになるのが、怖かった。

遺書には、私のことが一言も書いていなかった。

ほんの一言でいい。「湊、お願い」と頼ってくれたなら、私は何だってやってもよかった。死にたくはないけど、一緒に死んでと頼んでくれたなら、死んだってよかった。お母さんは「私の考えていることを、湊はなんでも分かってくれる」と信じてくれていたのに、最後の最後でなんで頼ってくれなかったんだろうか。私が本当は、母のことを何も理解していなかったのが分かってしまったんだろうか、その報いなのだろうか。

「私、何度も試したのに。お母さんは全然来てくれなかったのに、美保はどうしてって」

「湊ちゃん？」

「悪い、帰る」

感情が高ぶって、涙が出てきた。情けない、みっともない。

バタバタと階段を下りる。何かあったのかと、心配そうな顔で沙貴の母親が顔を出したのに会釈し、そのまま玄関を飛び出した。

◇

既に日は暮れていた。

自転車に乗って、思いっきりペダルを漕ぐ。寒風に涙が筋になって流れていく。後から後から涙があふれてきて、涙腺が壊れてしまったようだ。もはや何に泣いているのかも分からない。

叫び出したいような気持ちを持て余す自分と、冷静な自分が同居する。無理に涙を拭うと目が腫れるのでそのままにしているが、恥ずかしいので早く止まってほしい。暗くなっていて良かった。

どこに行こうか、あてもなく彷徨《さまよ》いそうになったとき、スマートフォンが震えた。

『今から会える？』

ＰＩＮＥメッセージは、ヤクザの赤城《あかぎ》さんからだ。常連だが、人を人とも思わぬ、残酷なところが見え隠れするので、進んで関わりたいとは思わないタイプ。一瞬怯《ひる》んだが、行く当てもない。断るのも怖い。何より、金にはなる。

『いいですよ、どこにいます？』

電話が掛かってきた。教えられたホテルは、繁華街のやや外れにあった。

「四十分くらいかかるかも」

大目に時間を取って、伝える。

「タクシー使えよ。金出すから」

「自転車を置いていけませんし」

「うわ、そんな学生みたいなこと言うんだ」

「現役女子高生ですって。今いるところ、タクシーなんて通りそうにない住宅地なんです。途中の駅前でタクシー捕まえて、そっちに行きますから、お代はよろしくお願いしますね」

「それでどれくらいで来られる？」

「三十分くらいですかね」

「あんまり変わんねーな。まあいいや、待ってる」

「はーい」

適当なコンビニに入り、トイレで顔を整えた後、駅に向かった。

指定されたホテルは、どちらかというとシティホテルなので、コートの下に制服を着ていても入りやすかった。

ＩＣレコーダーをコートのポケットに忍ばせ、指定された部屋番号のドアをノックする。

「意外と早かったな」

赤城さんは彫りの深い顔をした三十代の男性だ。ロシア系の血が流れているらしい。大柄な筋張った体に、ガウンを着ていた。

「待たせたくなかったから」

部屋に引き入れられた。いつもこの瞬間は嫌な緊張が走る。

「喉乾いてないか。冷蔵庫のなかとか、好きなもの飲んでいいから」

「ありがとうございます」

素早く室内を見回す。そこそこ値の張るグレードの部屋らしく、ベッドのほかに、ビジネステーブル、応接ソファがある。

ほかに誰もいないことを確認し、知らず詰めていた息を吐いた。

ベッドわきのソファに、コートと鞄を置く。

赤城さんは羽振りがいい。基本的には札幌《さっぽろ》市の方で商売をしていて、こちらに来るのは〝出張〟の時だけらしい。どういう出張かは、知りたくもない。

「ヤク中の女を、処分するのも楽じゃないわ」

「はあ」

聞きたくもないのに話し出した。曖昧な笑顔を作っておく。

「シャブやりながらセックスすると最高に気持ち良いわけよ。分かる？」

「そうなんですね」

全く興味がない。

「でも、強いクスリを自分に直接打つと廃人一直線なわけ」

注射器のジェスチャーをしている。

「安全にキメセクしたい、という時どうするかというとだな。まず適当な女を捕まえて、打って打って打ちまくって、クスリがないと生きていけない、みたいな体にする」

「はあ」

「最初は嫌がっても、そのうち自分から欲しがるようになるのは結構、面白いよ。クスリ欲しさに何でもやるから」

「そうなんですね」

「で、そういう中毒の女っていうのは、全身からクスリの成分が出ていて、ヤると気持ちが良いわけ。挿《い》れると最高に飛べる。しかも、自分に直打ちするより、ずっと安心安全」

安心安全なのは挿入する男の方で、女の方はどうなるんだろう。

「そういうのは使い終わったら、下へ下へ流していくのよ。必要なところはあるから」

「リユース業者みたいな仕事ですね」

日本で使い終わった中古車を、発展途上国へ運ぶような。

「まあ。うん。言い得て妙だな」

たまにパーツもバラすしな、とこれまた聞きたくない呟きをしている。

多分、この人は、こういう話をして、こちらが怖がる反応を見たいのだと思う。

赤城さんは、自分の初めての人だ。マッチングアプリで知り合った。

中学生で処女、というのをほのめかして男を募ったところ、一番高額をつけた。その頃の私には、くらくらするような金額で、でもその分、酷い目に遭った。

この男には嗜虐《しぎゃく》趣味がある。

「じゃあ、お疲れなんですね。赤城さん」

「そうなんだよ。ちょっと癒してよ」

ぐりぐりと頭を胸に埋めてくるのに、手を添えた。

「じゃあ、とりあえず、お風呂入りますか」

そこからはいつもの手順だ。服を脱ぎ、シャワーを浴び、ベッドに入り、腰を振る。

途中いきなり、首を摑まれて、組み敷かれた。恐怖で体が強張るが、喉を押さえられているので悲鳴は出ない。

痛い、苦しい。血流が止められて、意識が朦朧《もうろう》としてくる。

遠ざかる自我を留めておきたくて、「嫌だ、止めろ」と叫べない代わりに、必死で手足をバタバタと振り回した。赤城さんとのプレイではいつものことなのに、近くに死を感じて、いつまで経っても慣れない。

赤城さんは首に手をかけてからの行為中、ずっと悪魔みたいな顔をして笑っていた。全部終わって、ドレッサーの前で髪を乾かしているとき、赤城さんはベッドに転がって、こちらを見た。

「お前、ヤク中みたいな体だよな。もっと肉つけろ。下手《へた》すると、まな板レーズンだぞ」

「スレンダーって言ってほしいですね。モデル体型だって」

鏡のなかの自分は、首にくっきり手の痕がついている。

「これ、どうするんですか。完全に何かの被害者ですよ」

「マフラーとかで隠せばいいだろ、この時期」

ジッポライターを取り出して煙草に火をつけ、ニヤニヤしている。この部屋は禁煙だったはずだ。

「お前が暴れるから面白くて、ついやり過ぎた」

「いつもそうですよね……」

「俺の相手するような女はさ、こういう性癖だって分かって、だんだん諦めて抵抗しなくなるわけよ」

でも、お前は違うから面白い、と続けた。

「同じ趣味の人を見つければいいじゃないですか」

「違う、分かってない。本気で嫌がっている女がいいんだよ」

「そのうち殺されそうで、怖いです」

「なのに、呼び出しに応じるんだ？」

「お金が必要なので」

煙草の火を見つめたまま答える。あれを押しつけられたら痛いだろうな、と考えていた。

「俺の女にしてやろうか」

「勘弁してください。普通の女子高生ですから」

「一回、〝普通〟を辞書で調べろ。お前のような、歩く傷みたいな女、そんな暗い据わった目の女子高生がいるか」

まともじゃない、と煙草をふかしながら話す。

「最初の時から、なんか覚悟決まっていたもんな」

「すっごく痛かったんですからね。中学生相手に、わざと痛くしたでしょう」

「マジで中学生が来たからびっくりしたわ。聞いたら、娘と同い年だし」

「お嬢さんいるんですか」

「いる。逃げた女房が連れてったから、今はどこで暮らしているか分からないけど」

「うわ。自分の娘と同じ年齢の女の子の処女奪って、わざと痛くして喜んでいたんですか」

「その分、ご祝儀弾んだだろ」

「それは……、そうですね」

「そこで納得するんだ」

赤城さんは笑いを嚙み殺している。

「で、他になんか面白い話とかないの？」

「面白い話……」

「そうそう、学校で流行っているものとか」

数秒、考えて思い当たった。

「呪い、かな」

「なんだそりゃ」

「最近、同級生が事故死しまして。噂によると、実は殺されたらしく、恨みに思って犯人を呪い殺そうとしているらしいです」

「バカバカしい。死人は何もできないぞ」

「ですよね」

「大体、呪いなんてあるなら、俺はとっくの昔に呪い殺されてるわ。恨まれる心当たりなんて、数えきれないくらいある」

「友達が言うには『呪いは弱者の武器』なんですって。手の届かない相手に、一矢報いるための」

「なおさらバカバカしい。そんな不確実な報復方法に頼るな」

赤城さんは紫煙を吐き出した。

「どんな奴でも頭に一発撃ち込めば終わる。そっちの方がずっと確かだ」

思わず微笑んだ。

「それができれば、どんなにいいか」

赤城さんは煙草をカップソーサーに押しつけて消している。

少し黙った後で、口を開いた。

「お前の継母だっけ？　こっちで処分してやってもいいんだぞ」

いつだったか、ぎりぎり首を絞めあげられながら、金が必要な理由を聞かれて、やむを得ず答えたことがある。

「いいです。いつか自分でやるので」

うっかり赤城さんに頼んだりしたら、後が怖い。ヤクザの「困ったことがあったら、相談しろ」というのは、営業文句だと聞いたことがある。頼ったら最後、弱みを盾にずるずると骨までしゃぶられるのは、目に見えていた。

「いいねえ、その心意気」

手を叩いて喜ばれる。

「まあ。さっきのは理想論。俺もさ、殺したいけど殺せない奴っているんだわ」

「はあ」

「この世界、結構序列が厳しいのよ。成り上がるのに頭を抑えてくる奴とかいて」

「そうなんですね」

「これ、何か分かるか」

小さな金属の円筒を見せられた。

「弾丸ですか」

「そう、９ミリパラベラム弾。ホローポイント。頭の部分に穴が開いているだろ。これが人体に着弾すると、金属の破片が開いて、内臓とか筋肉をぐちゃぐちゃにする」

「それは、とても痛そうですね」

なんというか、痛がらせるのが好きな、赤城さんらしい。

「殺傷能力の高さを考えると、痛いどころじゃないだろうな。貫通しないから、人体に与えるダメージがでかい」

「なんで、そんなの私に見せるんですか」

実弾の所持は違法のはずだ。

「お前に気を許しているんだよ」

「それは光栄ですね」

曖昧な笑顔を返した。

結局のところ、舐《な》められているだけだ。犯罪を目の前で開陳しても、何もしない、何もできないと高を括《くく》られている。

他人と一緒にいる場合の「安心」とは、相手が自分にとって脅威ではないと分かっている時の心理状態だ。サバンナで、雄ライオンがリラックスできるのは、周囲に自分と対等以上の敵がいないと分かっているからだ。

「銃、いつも持ち歩いているんですか」

「いいや、嵩張《かさば》るだろ。ただ、弾だけでも胸に忍ばせておくと、ムカつく奴がいても、いつだってそいつを殺せると思える。穏やかな気持ちで仕事ができるんだ」

「なるほど」

大きく頷いた。

「お守りみたいなものですね。私もそういうの、欲しいな」

そしたら、もっと楽に息ができるようになるのだろうか。

◇

赤城さんには「泊っていけば」と誘われたが、人前で寝られないことを理由に固辞した。チップを弾んでもらったので、懐はあたたかい。三十万円、命をかけた値段として、高いのだろうか、安いのだろうか。コンビニのATMに入金後、明細をじっと見る。現在の預金額は三九六万円、卒業までに五百万円は稼ぎたい。首についた痕が消えるまで売れないことを考えると、安い気もしてきた。

ネットカフェにでも行くかな、と考える。

スマートフォンを見て、春日からメッセージが来ていたことに気付いた。

『さっきはごめんね、お母さんのこと、そんなふうに引きずっているとは、思ってもみなかった。だって四年以上前だよね』

たった四年だ。思春期に母親が死んだら、誰だって引きずるだろう。その謝罪も癇に障る。だが、いちいち目くじらを立てても仕方がない。なぜ腹が立ったのかを一から説明するのも、自分の傷に塩を塗り込む行為だ。

しばらく考えて、春日が望んでいるような答えを返した。

『こっちこそごめんね、途中で出て行ったりして。母のことは気持ちの整理がまだついていないんだ』

待ち受けていたかのように、すぐに返事があった。

『私も美保のことばかり考えていて、周りが見えていなかったみたい。本当にごめん』

さらに追伸。

『美保は本当に、私にとって大事な友達だったんだ。だから何かできることがあるなら、何でもしてあげたいの。あんな死に方をするなんて、可哀想で悔しくて』

『そうだよね』

私も美保と仲が良かったから気持ちは分かるよ、と続けようとして、白々しいのでやめた。

近場のネットカフェの料金プランを検索していると、また春日からメッセージが届いた。

『あのね、湊ちゃんが帰ってからも、沙貴の家で、降霊術を続けていたの』

『そうだと思った』

『電話、かけていい？』

話す内容に予想がついたので気は進まなかったが、このままメッセージでのやりとりを続けるのはもっと面倒だった。『いいよ』と返事をする。

すぐさまがスマートフォンが鳴った。

「はい」

「もしもし湊ちゃん、やっぱり美保は殺されたんだって！」

「うーん……」

勢い込んで話す内容は予想通りだったが、降霊術だけを根拠に言い切られても、なかなか反応ができない。春日は怒りがこもった声で続けた。

「やっぱり、犯人は飛鳥だって！」

「いや……」

こう、予定調和といえば、予定調和な名前だけれど。

「美保は復讐を望んでいる」

「ちょっと、待って。タイム」

「何？」

ゾクゾクと、沙貴の家を出てからは、忘れていた寒気がよみがえってくる。誰かに見られているような気配も戻ってきた。

「まず、私、降霊術を信じてないからね」

「でも、美保の霊が降りてきて、私に伝えてくれたの。それは間違いない真実だから」

だめだ、話が全く通じない。心の中で頭を抱えていると、春日はさらに言い募った。

「本当なんだって。盤上に美保の霊が降りてきたの。証拠もある」

「証拠？」

訝《いぶか》しむ声が出た。

「そう証拠。降りてきた美保の霊は、カンニング事件のとき、本当は何があったかを、知っていたんだ。今となっては、私と湊ちゃんしか知らないことなのに。これって、美保の霊が存在する証拠でしょ」

「……」

「沙貴が指を動かしているんじゃないかって、疑っていたよね。それは有り得ないって、これで分かったでしょ。沙貴が知ってるはずない話だもん。ただ自然に、プランシェットは言葉を指し示した」

「……」

嘘だ、そんなことあるはずない。

春日は憑《つ》かれたように話し続ける。

「美保はボードを使って、『友達だから、カンニング事件のとき、助けてあげた。だから、今度は春日が私を助ける番だ』って、言ったの」

「……」

降霊術なんてないと、霊魂なんてないと、言い返したかった。

「私は美保のためなら、何でもする。なんとかして、飛鳥に罪を償わせてやる」

狂信的な声色に、ぶるりと体が震えた。怖い。

「……信じないからね」

「湊ちゃんが認めたくない気持ちは分かるよ。でも、美保はいまだ無念を抱えて彷徨っているんだ。美保のために、協力してよ」

「何を」

震える声で問う。

「そんなに復讐をしたいなら、美保が自分で復讐すればいい。葬式で、霊的な力だっけ？　でブレーカーを落としたみたいに」

「そんなに簡単じゃないんだよ」

春日は、分かってないなあ、というように、ため息をついた。

「死んだばかりの美保には、飛鳥を道連れにするだけのパワーが無いんだって。だから、私たちは、美保に力が集まるように、協力しなきゃいけないの」

「つまり、飛鳥を呪い殺す手伝いをしろと？」

恐怖を振り切りたくて、かなり棘《とげ》のある口調で言い返す。春日は黙ってしまった。

「いちいち美保の霊魂がどう、とかまだるっこしい。春日が飛鳥を殺したいだけなら、殴るなり、刺すなりする方が確実だよ」

「私じゃない、美保が望んでいるんだ」

「結果としては、同じことでしょ。美保のために、春日が殺す」

「……バレたら、捕まっちゃうじゃん」

「捕まらなければ、やるんだ？　やっても良いと思っているんだ？　頭おかしいんじゃない？」

煽《あお》るような言葉を並べている自覚はある。止まらなかった。

恐怖とともに、嫉妬もあったかもしれない。私は最愛の母から何も期待されなかったのに、お前はちょっと仲良かっただけの美保からそんな頼みごとをされたのかと。

死者からのメッセージなんて、認めない。

絶対に認められない。

春日は数秒黙った後、ゆっくり息を吐きだした。

「……話が変な方向に行っちゃったね。もういい。もう湊には、頼らない」

そして呪うように、言葉を吐き捨てた。

「後悔しても、知らないからね」

◇

十月も終わりになると、雪が降ってくる。そのまま溶けることなく、次の雪が降り、どんどん降り積もっていく。町は白く覆われていき、通学に自転車は使えなくなる。生徒たちは、のろのろ地虫のように歩くか、本数が少なく混み合うバスを使うかのどちらかだ。

短く不安定な秋は過ぎ去り、長くて暗い冬がきた。

平年よりずっと厳しい寒さになると、ニュースが流れていた。

PINEの学年チャットは連日、「美保の呪い」で大盛り上がりだ。春日と沙貴が主導し、美保の墓参りや所縁の地巡りといったイベントも組まれている。沙貴の助けにより、降りてきた美保から霊感を得たという春日は、教祖のように取り巻きたちに君臨していた。

所縁の地巡りとは、生前の美保がよく行っていた場所を訪れるというもので、ドラッグストアやゲームセンター、カラオケなどに遊びに行くことを、そう称していた。いまだに不登校を続けている沙貴も、こういった学外の遊びには参加しているようだ。

飛鳥の状況は、加速度的に悪くなっていった。どの遊び場へ行っても、所縁の地巡りご一行様がいる。春日とその取り巻きたちから敵視され、激しく陰口を叩かれており、噂では、彼氏とも上手くいかなくなって、別れたと聞く。

私も春日を怒らせて以降、クラスで孤立するようになってしまった。春日に無視されるようになり、春日のやることを面白がる級友たちも、それに追随している。クラスで一人になることくらい何とも思わないが、授業で「何人かのグループを作れ」と言われたときが問題だ。今の私はカースト最底辺なので、のこのこと誰かの仲間に入れてもらおうとすると、春日と縁の薄い生徒であっても、あからさまに「厄介者がきた」という目を寄越される。

クラス内は、いくつかの派閥とカーストに分かれている。今、最も勢いがあるのが春日の派閥で、日々、所属人数を増やしつつあり、空気を作っている。

土曜の模試の後、飛鳥から駅前のカラオケ店に呼び出された。

「湊、クラスで浮いてるらしいね」

「お互い様じゃないの、それは」

薄暗い室内、テーブルを挟んで向かい側にいる飛鳥は、仰向けで横たわっていた。合成皮革張りのソファはところどころ破れて、中の白綿が見えている。彼女のジュースのグラスは、とっくに空になっているが、ここにも信徒たちがうろついているので、なかなかドリンクバーまで取りに行くチャンスがない。

疲れた様子で「まじでめんどい」と呟いている。

相当参っているようだ。

「ところで飛鳥、話ってなに？」

「湊も今、ひとりぼっちなんでしょ」

「うん」

春日に無視されるようになってから、誰も話しかけてこなくなったので、休み時間も昼食時も一人で過ごしている。

「辛くない？」

「別に。誰にも気を遣わなくて済むし、かえって気楽よ。授業でグループ分けする時は不便だけど」

「『美保の霊魂に、敬意が足りない』とか、言われたりしてる？」

「うん」

校内の女子の間では、あからさまに降霊術を信じなかったり、墓参りに参加しなかったりするのは、「亡くなった美保への敬意が足りない」行為だとして、春日一派から非難される流れができている。

「でも、意味が全く分からないから、気にしてない。カルト宗教かよ」

「マジで、湊って強いと思うわ」

飛鳥はストローを噛みしめて遊んでいる。

「そのあたりが春日や沙貴と違うよね。群れなくても大丈夫、味方がいなくても平気。誰かと一緒にいるために、無理に自分を変えようとしない」

「それは飛鳥、自分のことでしょ」

彼女こそ、他人に依存しないタイプだろう。

「そうだと、思っていたんだけど。最近、自信がなくなってきた」

「なんかあった？」

「彼氏と別れた」

「ああ」

相槌を打ちながら、残ったグラスの中身を吸い上げる。

「結構、うまくいってたと思ったんだけどな。学年チャットで私が叩かれているのを見て、だんだん信じられなくなってきたみたい」

チャットオープンルームには、少し前から「飛鳥の本性を暴露する」と題して、飛鳥叩きのための部屋が作られている。『中央高の女殺人鬼』『死ね』『ウザい』『死刑☆死刑』『友達殺し』『生きているのを謝れ』など、散々な言われようだ。これまでのささやかな悪行が大袈裟《おおげさ》につづられ、いかにも飛鳥が美保を殺した極悪人のように書かれている。

みな匿名のコメントだ。

「もうやだ。遊び仲間でも、一緒にいるところを見られたくないって、離れていった子も多いし」

「なかなか炎上が収まらないね」

スマートフォンの画面を見る。チャットルームへは、次から次へと、新たな燃料が投下され、ひっきりなしに燃えている。

「本当にいろいろあるな。……この大麻を炙《あぶ》っているっていうのは、本当？」

「大麻っぽい草が空き地に生えていたから、駆除のついでに火をつけた。ボヤになりかけて焦った」

「万引きしたというのは？」

「友達がやったのを、見ていただけ。バレそうになったから、一緒にダッシュして逃げた」

「売春は？」

「ない。ただ、男子に胸を触られたときに『金取るぞ』って叫んだことはある」

微妙に根拠があること、言い返しにくいことを、大袈裟にして拡散している。

飛鳥は寝転がったまま、ストローの先のゴミをフッと飛ばした。

「めちゃくちゃ救いようがない犯罪者みたいに書かれていて、嫌になる。刑務所に入るようなことはしないよ、わたし」

「このルームを作った人は、飛鳥の信用を落として、孤立させたいんだね」

「絶対、春日でしょ。中学時代の湊の手口を、そっくり真似しやがって」

「SNSを使っている分、昔の私がやったより、もっと性質《たち》が悪いかも」

飛鳥は唸っている。

「春日を一発殴れば解決すると思うんだけど、すぐ逃げるし、取り巻きがいて一人の時がないから、なかなかチャンスが来ない」

「そんなことしなくても、きっと、しばらくしたら収まるよ」

飛鳥はストローから口を離した。

「どうして、そう言えるのさ」

「美保の部屋の灯油ファンヒーターについて、警察が指紋を調べるんだって」

あまりにも強く、再三にわたって、美保の母親が「娘は殺された」と主張するため、死亡の原因となったヒーターに第三者が細工した形跡がないか、調べることになったという。

香取さんは、「お母さんに納得してもらうための作業だよ。どうせ、家族以外の指紋は出てこない」と言っていた。

「結果が出れば、飛鳥の容疑は晴れるでしょ」

「そんなこと、よく知っているね」

飛鳥は感心している。

「知り合いに詳しい人がいるから。ところで、今日はこれの相談？」

「これもだけど、ここからが本題」

飛鳥が起き上がって、テーブルに身を乗り出してきた。よく見ると、目の下に大きな隈ができている。

「これ見て」

スマートフォンを向けられる。ＰＩＮＥのトーク画面には、『死ね』とメッセージが届いていた。送信元は美保のアカウント、送信日時は今日の午前九時二十分。

「今日？」

死んだ人間がメッセージなんか送れるわけがない。

頭に血が上って叫びそうになったのを、深呼吸して落ち着かせる。

「ちょっと貸して」

端末を渡してもらい、画面をじっくり見た。スワイプすると、その前のトーク履歴も残っている。アカウント自体は本物だ。

「手の込んだイタズラだね」

「イタズラだと思う？」

「イタズラでしょ。こういうことは言いたくないけど、もしかしたら、飛鳥の悪い噂を聞いた美保のお母さんあたりが、美保の端末を使って、送ってきたのかもしれない」

美保の葬儀での取り乱した様子や、警察への態度を考えると、十分あり得ることのように思えた。

墓参りに訪れる春日らと、積極的に交流しているらしいので、飛鳥真犯人説についても吹き込まれているだろう。

「イタズラなら、気が楽だけどな……」

飛鳥は俯いている。

「まさか本当に、美保の霊がメッセージを送ってきた、なんて思っていないよね」

飛鳥は黙ったままだ。

ため息をついた。

「勘弁してよ。だいたい、そこまで恨まれることしてないでしょ」

「したかも」

「はい？」

「美保の彼氏、本当は寝取ったんだよね。テニス部で、二年では美保だけが選抜大会のメンバーに選ばれてさ、自慢してきてウザかったから、仕返ししてやろうと思った。

彼氏さ、誘ったらすぐにノッてきたし、ヤり終わったら、すぐに美保に連絡入れて別れていて、愉快だったよ。その流れで『付き合おう』って言われたからオッケーした」

「なるほど」

ため息をついた。

「それで飛鳥は、美保に対して、罪悪感を抱いているわけね」

「……」

「罪悪感があるから、美保の呪いなんて信じそうになるんだよ」

「……」

飛鳥は黙ったままだ
「他に何かあるの？」

「最近、ずっと誰かに見られているような気がするし、悪いことが立て続けに起こる」

「ふうん」

誰かに見られているような気配は時々、私も感じている。

「悪いことって、例えば？」

「替えたばかりのテニスラケットのガットが切れた。下駄《げた》の鼻緒が切れると、良くないことが起きるって言うじゃん」

　思いのほか下らなかったので、鼻白んでしまった。

「……ガットと鼻緒は全然違う」

「カバンの中に入れていた化粧用ミラーが割れた。ねえ、鏡が割れるのは不幸の前兆って、本当かな」

「迷信だよ」

「バス停の屋根下に入ろうとしたら、垂れていた氷柱が、目の前に突然落ちてきた。危なく直撃するところだった」

「無事だったのなら、逆に運が良かったと思う」

　飛鳥の頭の中には、美保に呪われているという結論が先にあるのだろう。聞いた限りだと、肥大した恐怖心から、他愛もない出来事を結びつけて、怯えているだけだ。不安は分かるが、客観的な事象としてとらえた時、どれも呪いの証拠とはなりえない。

「ただ何となく、ついてないだけじゃん」

「それだけじゃない。駅前の占いおばさんに、『同年代の女の子が、あなたを呪っている。強い怨みを抱いている』って言われたし」

「ああ」

　駅前にいる占いおばさんは知っている。ホームレスで、汚れたボロをまとって段ボールを敷いた上に座り、大きなガラス玉を撫でながら、小銭欲しさに、誰に対しても不吉なことばかり言う。「呪われている」、「恨まれている」、「取り憑かれている」など怖がらせて、謎のお札やお守りを買わせようとしてくる。

「そういうことを誰にでも言う人だよ。ちなみに私は『地獄に落ちるぞ』って言われてる」

母が死んで以来、ずっと気分は地獄の底なのに、笑わせる。

「飛鳥は、あのおばさんからお守りとか、買ってないよね？」

「買った……」

「マジか」

飛鳥は鞄から、毛糸でできた小さな人形を出す。三千円も払ったという。

藁人形みたいな形状で、持っている方が呪われそうだ。

こんなものに頼ること自体、もう病んでいるとしか思えない。頭に手を当てる。

「そんなの買うくらいなら、神社へお祓《はら》いに行けば？」

その手があったか、という顔をしている。

暗い顔をした飛鳥は、見ていたくなかった。

「どうしちゃったの、いつも強気の飛鳥はどこに行ったのさ」

「だいぶ参ってる」

「そうみたいだね」

「やっぱり、私らしくないか。……そうだ、手を出して」

両手を開くと、そこに十万円を渡された。

「なにこれ」

痴漢を捕まえて手に入れた、と教えられる。

「稼ぎがいいのは何よりだけど、気を付けてね」

「もうやらないよ。彼氏と別れたから、用心棒役がいない」

「そっか」

「なんかさあ」

飛鳥がぼんやりと呟いた。

「痴漢を捕まえたりしていたの、親父への復讐だったのかなって思った」

「お父さん、痴漢だったの？」

「その聞き方、直球過ぎてウケるんだけど。……ちげーし」

彼女はため息をついた。

「もっと最悪だった。女をいじめるのが大好きなＤＶ野郎。お母さんも私も毎日、首を絞められて、うちらを庇おうとして兄貴も殴られていた。だから、あいつがパクられて刑務所入った隙に、皆で逃げたんだよね。お母さん、弟を妊娠していたし」

飛鳥が家族の話をするのを初めて、聞いた。

「壮絶だね」

「ま、今は楽しく暮らしているよ」

「そっか」

「でも、通学電車で痴漢が流行ってるって聞いたときに、めちゃくちゃ腹が立ってさ。痴漢も女をいじめるクソ野郎じゃん。親父に復讐できない分、『ざまあ見ろ』ってやりたかった。小遣い稼ぎもできると思ったし」

父親に復讐したい気持ちはよく分かる。私だって、許されるなら殺したい。そしたらきっと、死んだ母も喜んでくれる。「よくやったね」と笑ってくれる気さえする。

「で、これどうすればいいの」

手の中の十万円に話を戻した。

「もらってよ。湊に頼みごとをするなら、お金を渡した方が確実でしょ」

飛鳥は笑いを口の中で転がすようにして言った。

「親父はさあ、父親なら無条件に何をやっても良いと思っていたんだよね。だからクソ野郎だったし、私たちは逃げた」

話しながら、飛鳥は肩を竦めた。

「わたし、『友達だから』って理由で、無条件で何かを頼んだり、頼まれたりするのは嫌だ。そんなの搾取と変わらないよ。こうやって対価を渡す方が、ずっと健全だと思う。湊もそう思うでしょ」

全ての人間関係はお互いに利用し合っている、と彼女は言う。

「彼氏が美保から私に乗り換えたのは、私とのセックスの方が魅力的で、彼にとって価値があったから。でも、私の評判が悪くなったことで、つられて自分の評判も悪くなると怖くなったんだよ。それで別れた」

「そうかな」

「湊も、愛とか友情とか、信じてないじゃん」

「そんなことないよ。このあたりにないだけで、どこかにはあるんじゃない？」

「あんたのそういうところが好き」

飛鳥は強気な顔で笑った。

「ということで十万円、渡しておくわ。最後まで、私の味方でいてよ」

◇

北国の冬の日没は早い。飛鳥とカラオケボックスから出ると、午後五時を少し回った時間でも、あたりは暗くなっていた。日が沈んだことで急激に気温が下がっている。

薄っすら凍り始めている雪道を踏みつけて歩く。

「湊、これからどうする？　うちは高校の向こうだから、来た道を戻るけど」

「日吉先生に勉強を見てもらう約束をしているから、高校までは一緒に行くよ」

「これから？　すごいね」

「うん。お願いしたら『先生が顧問している部活動が終わってからになるけど良い？』って言われた。よく遅くまで時間を割《さ》いてくれるよね」

学年主任の日吉は、希望者の進路相談や補習に付き合ってくれる熱心な教師だ。口うるさいので煙たがる生徒もいるが、予備校や塾へ通えず、学校の勉強だけで進学しなければならない私にとって、有難かった。オールドミスで、自分の子供がいないから、あんなに生徒を構うんだと陰口を叩く教師もいるが、彼女の教育に掛ける情熱は本物だと思う。

「違う、違う」

飛鳥が手を振った。

「湊が凄いねって話よ。ちゃんと将来とか考えていてさあ」

「絶対に、この町から出たいから。努力はするよ」

「町から出て、何するの？」

「……分かんない」

「何それ、決めてないの？」

　ふは、と飛鳥が笑った。私も笑った。

「仕方ないじゃん。私の将来設計なんて『なるべく良い条件で、卒業と同時に町を出る』までだよ。それだけで手一杯だもん」

「そっか」

「とにかく幸せになりたいなあ。町を出たら叶う気がする」

　他愛のないことを喋《しゃべ》っているうちに、黒々とした鎮守の森へと差し掛かる。根釧神社の鳥居の下の参道が、灯籠《とうろう》に柔らかく照らされていた。

「ちょっと寄って行っていい？」

　飛鳥が声を掛けてきた。ここまで来たら、高校はすぐ隣だ。日吉との約束まで、まだ時間があったので、「ついていくよ」と頷いた。

「お祓いって、頼めば、すぐできるのかな」

「さあ。聞いてみれば」

　この参道の先に、本殿がある。宮司がいるはずの社務所は、その隣だ。参道の外は鎮守の森で、木々が生い茂り、暗闇に沈んでいる。道脇の看板を読んで、本殿の祭神は大国主神《おおくにぬしのかみ》だと気付いた。

「大国主って誰？」

飛鳥が首を傾げている。

「ほら、修学旅行の京都で行った、縁結び神社の神様」

日本神話から説明すべきか迷ったが、自分もそこまで詳しくはないので、安易な説明で済ませた。

「あの、清水寺《きよみずでら》にあった、ごちゃごちゃしたアトラクション的な神社……」

決して間違ったことは言っていないはずだ。

飛鳥は思い当たったようだ。

「ああ！　あの京都の神社かあ。すごい観光地してたけど、ご神木にめちゃくちゃ五寸釘が刺さった痕があって、ドン引いたわ。ガチじゃん、みたいな」

「丑の刻参りね」

思い出して、ぼんやり呟いた。夜中の午前一時から三時の間に、呪いたい相手の写真や髪の毛を埋め込んだ藁人形を、神社のご神木に五寸釘で打ちつける、伝統的な呪法だ。

「ここも、そういうガチ勢が信じる神様なんでしょ。じゃあなんか効きそう」

「判断基準が個性的だなあ」

言いながら、この神社でも、飛鳥の横顔の向こう、参道から離れた森の木に藁人形らしきものが、かなりの数あるのを見かけてしまい、何とも言えない気持ちになる。

飛鳥は気付いていないようなので、黙っていた。

社務所では宮司が席を空けていた。待つという飛鳥と別れて、一人で高校に向かう。

神社は鎮守の森に四方を囲まれている。高校には、今歩いてきた参道を戻るより、本殿の裏から森の中を突っ切っていった方が近道だ。雪で足場が悪く、日が暮れた森は真っ暗闇だが、神社の境内から高校への抜け道があるのを知っていた。

暗い森を通る。打ち付けられた藁人形を見たせいだろうか、誰かが潜んでいそうな気がして、怖かった。木々から垣間《かいま》見える、高校の人工的な明かりを頼りに、踏み固められた雪道を進む。

高校の玄関まで着くと、飛鳥からPINEでメッセージが入っていた。

『神主が帰ってきた。来月の二日、部活終わってから午後六時半でお祓いを予約したわ』

〝お祓いを予約〟とは、なかなかのパワーワードだと思いながら、返信する。

『良かったね。ちなみに、そういうのって値段いくらかかるの？』

『五千円からだって。まあ、安心料よね』

『占いおばさんに三千円払うよりはいいっしょ』

『それな。今日はありがと』

これで飛鳥が、いくばくかでも元気になってくれれば良かった。

スマートフォンを操作しながら、生徒指導室の前の廊下で待っていると、日吉が小柄な体をゴム毬《まり》のように弾ませながら、駆け寄ってきた。

「ごめんね、待った？」

「いいえ、今来たところです」

ガチャガチャと部屋の鍵を開けた日吉に促され、指導室の中に入る。一般教室とほぼ同じつくりだが、廊下側の壁にはずらりと赤本が並んでいる。本州の国立大の赤本を、いくつか手に取った。

「伊勢さん、国立大希望だっけ」

「はい。できれば本州の旧帝大《きゅうていだい》以上に行きたいです」

何としても家から遠く離れ、海を越えた内地の大学に行きたかった。金銭的な事情で、私立大は避けたかった。自尊心の都合で、三流大学は嫌だった。

「そっか。じゃあ、総合型選抜、推薦入試と一般入試の両方を考えた方がいいね」

「はい」

高校を卒業したら、すぐに家を出たい。浪人はできない。大学進学を確実なものにするため、ルートは多く確保しておくべきだ。

「今のところ、生活態度も成績も申し分ないよ。何か助言が必要なことはある？」

「受験に向けた、今後の勉強の進め方が……」

日吉は真剣に話を聞いてくれた。担当教科である社会科以外についても、役に立つアドバイスがあった。しばらくやりとりをし、学習計画を立てて、行き詰まっていた志望校の記述問題を解いていく。

宗教の設問で、そういえば、と思い出した。

書き上げた答案を見てもらっている間に、シャーペンを唇に当てて、切り出す。

「先生、この前、コックリさんをやっていたところに乱入したそうですね」

「噂になってるの？」

君ら、SNSを使って色々噂を回すんでしょ、と日吉は眉尻を下げた。

「先生たちも、あの〝学年チャット〟は、いじめの温床になりかねないから注意喚起しなくちゃって思っているんだよね。文科省からも、『PINEなどを使ったSNSいじめは〝同調する空気〟が作られやすく、短期間でエスカレートしやすい』って通達が来たし」

本人の了承なく飛鳥のことを話すつもりはなかった。

「先生のコックリさん乱入自体は大して、噂にはなっていません。ただ、コックリさんって、中断すると良くないことが起こるって、言うから……」

だから気になって、と話した。

日吉は笑いながら首を振った。

「コックリさんって結局は、迷信、俗信の類《たぐい》だから、あのまま続ける方が問題なのよ。儀式を完遂させると、余計に本物っぽく見えちゃうことってある。本物っぽく見えると、本物だと信じちゃう子も出てくるのよね。そうなるのが、教師としては一番嫌なパターンかな。冗談で済まなくなることもあるし」

春日は、すでにそのパターンに入り込んでいる。飛鳥が駅前の占いおばさんから購入した、あのお守り人形を春日も持っている。「美保の霊が宿っている」と言われたといい、大事に首から下げ、ご本尊のように恭《うやうや》しく扱っていた。完全に新興カルト宗教だ。

「冗談で済まなくなるって、どういうことですか」

「昔ね。二十年くらい前かな。霊感が強いって噂されていた高二の女子生徒が、昼休みに『気持ち悪い。取り憑かれた』って泣き喚いて、パニック状態になったのね。そしたら、それを見た周りの子たちも次々に過呼吸になって……大惨事よ。結局、学年をまたいで二十人くらい救急車で運ばれた」

「うわあ」

「うち、発端の生徒を含めた三人は、痙攣《けいれん》も出て症状が悪化。結局、入院までした。当時、その子たちの担任だったから、すごく落ち込んだわ……」

日吉は遠い目をしている。

「パニックを起こしたのは全員、女子生徒だった。男女差別をするわけじゃないけど、思春期の、とくに女の子って、オカルトを信じやすいんだよね」

「そうかもしれません」

「家具がガタガタ鳴ったり、食器が浮いたりするポルターガイスト現象も、思春期の少女がいる家で起こりやすいって言うじゃない？　なんだろうなあ、思念が現実に影響するってことは、無いわけじゃないと思っていて」

日吉は深いため息をついた。

「生徒の怪しげな行動を見つけたら、止めるようにはしている。伊勢さんも、心当たりがあったら教えてね」

「はい」

意思が現実に影響を及ぼすことがあるという、日吉の考え方それ自体も、オカルトだと思ったが、黙っていた。

◇

11月2日午後6時半ごろ、北海道根釧市東1条の根釧神社境内の宝物殿の近くで、中央高校2年、白山飛鳥さん（17）が、雪に埋まって倒れているのを、同神社の男性宮司が発見し、119番した。白山さんは搬送先の病院で約1時間後に死亡が確認された。

根釧署によると、白山さんは、うつぶせの状態で見つかり、首の骨が折れていた。宝物殿の屋根の上には、大量の積雪があったとみられ、同署は屋根から落ちてきた雪や氷柱に巻き込まれたとみて、調べている。


雪は音もなく降る。悪いことも、音など立てず、忍び寄ってくる。

十一月に入ってすぐ、飛鳥が死んだ。

ちょうどお祓いに行くと言っていた日、記録的な大雪の日だった。

神社の境内で、屋根から滑り落ちてきた雪に潰されて、一人で埋もれて、死んだ。

発見されたときは、大きな雪の塊から、お守り人形を握りしめた、飛鳥の手だけ出ていたのだという。

私といえば、また警察官の香取さんを呼び出して、ラブホテルのベッドにいる。

「本当に、本当に、事故なんですか」

「本当に、本当に、事故なんだって」

飛鳥の死に、納得できていなかった。

「誰かに殴られた後で、雪に埋められたとか」

「司法解剖もしたんだぞ。そんなのは気付くわ」

雪の塊が宝物殿の屋根から落ちてすぐ、社務所から宮司が駆けつけたという。

「事務作業中、ボキバキッという生木が折れる音がしたので……。屋根からの雪に植木が巻き込まれたなと思って、様子を見に行きました。そしたら木どころか、雪山から手が出ていて……」

宝物殿とは名前こそ仰々しいが、倉庫として使われている木造平屋の建物だ。本殿や参道から離れた敷地外れに建っている。

「お祓いの予約は入っていましたが、まさか落雪に巻き込まれているとは。参拝客が近づくような場所ではありませんので」

飛鳥が発見されたとき、周囲に人はいなかった。当時は、膝上まで雪が降り積もるなか、飛鳥の足跡だけが雪上に残っていたという。

香取さんは首を振った。

「事故だよ、可哀想な事故」

「でも、用もなく、寒い思いをしてまで、なぜ、飛鳥はそんな場所へ」

「知らないよ」

「それに、屋根から落ちてきた雪に巻き込まれるなんて、信じられない」

信じられない。顔を手で覆った。

北国に住んでいれば、大量に積雪した軒下が危険なのは十分に分かっているはず。バス停の氷柱が落ちてきた件もあったから、飛鳥は余計に気を付けていたはず。

「誰かに誘き寄せられたとか。そうでもないと、有り得ない」

「おいおい勘弁してくれ。また誰かに殺されたとか、そういう話が始まるのかよ。前の子のお母さんからも、散々責められてんのに」

香取さんはベッドのへりに座って、目頭を揉んでいる。

「だいたい、誰に殺されるって言うんだ」

「飛鳥を恨んでいる人とか」

「ただの女子高生だろ、悪い噂はあったみたいだけど」

「ただの根も葉もない噂です」

「なら尚更、殺人はないだろ。なんで殺されるほどの恨みを買うことがあるんだ」

すぐに春日の顔が思い浮かんだが、憶測だけで本職の警察官に言うのは憚られて、さすがに黙った。

「ともかく。事故だよ、事故。友達が死んで、誰かのせいにしたいのは分かるけど」

香取さんはうんざりした様子を隠さない。

「これ以上は勘弁してよ。前の子の事故も結局、遺族が納得しないせいで、捜査が続いちゃっているし」

「その、美保の家のファンヒーターの指紋採取の結果、どうなりました？」

「鑑定が混んでいて、まだ返ってこない。出たら、教えてあげるから」

香取さんは煙草に火をつけた。天井へ紫煙が立ち上るのを、なんとなく目で追う。

飛鳥の遺体は、母親が一人で引き取りに来たという。

火葬場からの煙も、こんな感じなのかもしれない。

煙を追って顔を上に向けたまま、話を続けた。

「さすがに二人続けて中学校時代からの友人が死ぬと、ただの偶然だとは思えなくなります」

「気持ちは分かる。でも、偶然は続くんだ。友引という言葉があるくらいだから、不幸が続くのは、そう珍しいことじゃない」

「友引？　先に死んだ美保が、飛鳥を道連れにしたって言うんですか」

思わず噛みつくような言い方をしてしまった。

「ああ、そういうつもりじゃなかった。ごめん、失言だ」

香取さんは項垂《うなだ》れている。いつもなら不用意な発言はしない。プレイ中も、いろいろな意味で元気がなかった。

「お疲れですね。お仕事、忙しいんですか」

「うん。刑事課が全員出払っちゃったから、今回の事故の捜査にも、俺ら地域課まで駆り出されて、わやわや」

　深くため息をついている。

「なんかあったんですか」

「札幌から来ているヤクザが、随分派手に悪さをしているらしい。何人かの女性が、行方《ゆくえ》不明になっている」

「殺されたんですか」

「分からない。その話を持ってきた情報提供者も、連絡が取れなくなっているらしい」

「うわあ、おっかない。知らなかった」

「表に出てないからね」

　煙草の灰が落ちる。

　おっと、と言いながら香取さんは灰皿へ、煙草を捻《ひね》り潰した。

「そんな話、いっぱいあるよ。今回も分からないままで終わるかもしれないし」

「……そのヤクザ、なんて名前ですか」

　札幌から来たヤクザに、心当たりがあった。

「赤城。都会からくる奴は、ろくなことしないね」

◇

飛鳥の葬儀は、近親者のみの密葬だった。

「最後まで味方でいてね」と言われた手前、お線香の一つでもあげにいくべきではないかと、散々迷って、大雪の中、彼女の自宅まで来た。

水捌《みずは》けの悪い土地に立てられた、寂れた公営団地の三階が、飛鳥の家だった。団地の入口は、泥と混じった雪で汚れていた。

冷え冷えとしたコンクリートの階段に足をかける。古い建物なので、エレベーターはなく、階段は吹きさらし。ところどころ、壁にひびが入っている。四年前の日付の掲示物が外れかかって、虚しく風になびく。

飛鳥は、人の注目を浴びるのが好きな、華やかな少女だった。こんな場所に住んでいたなんて、想像もしていなかった。私と同じく、家に友人を招くことが無かった理由が分かった気がした。

三階の階段踊り場、右側の少し歪んだ金属製のドアの前で、プラスチックの四角ボタンがついただけの、簡素な玄関チャイムを押す。ジーッという、素っ気ない音が響いた。

しばらく待っていると、ドアが開き、疲れた顔の女性が現われた。

訝し気な表情で見られる。

「このたびはご愁傷様です」

頭を下げる。何か声を掛けられる前に、一気に言葉を続けた。

「急に押しかけてすみません。伊勢湊と申します。飛鳥さんとは中学時代から仲良くしていただいておりました。せめてお線香の一本だけでもあげさせていただきたく、伺った次第です。もしご迷惑なら、すぐ帰ります」

女性は黙ったままだ。

「……お母さまですか」

「そう」

女性はため息をついた。

「上がって」

「お邪魔します」

部屋のなかは、線香の香りと芋を醬油《しょうゆ》で煮しめたような匂いが混在していた。そこらの壁際に、黄ばんだカレンダーやプラスチックの安っぽいおもちゃ、古雑誌などが積み上がっている。居間と繫がっている小部屋から、飛鳥の弟だろうか、小学生くらいの男の子が、瞬きもせずこちらを覗いていた。

居間の座卓の上に、遺骨が入った箱と位牌があった。あのお守り人形も二つ並べられ、そこだけきれいに片づけられている。

「本当は、ちゃんとした仏壇とか買った方がいいんだろうけど、お金に余裕がなくて」

飛鳥の母親は片頰を上げて、呟くように言った。

「あの子の友達で来てくれたの、あなただけよ」

その言葉を黙って聞いて、小さな箱に向き合う。

申し訳程度の仏具が、おままごとみたいだった。

ろうそくに火をつけ、線香を立てる。花立てには、萎《しお》れた菊が数本、頭《こうべ》を垂れていた。何か供えるものを買ってくるべきだったと気付いたが、後の祭りだ。

そのまま目を閉じて、手を合わせた。

何もかも、華やかだった飛鳥に似合わなかった。

目の奥が痛くなり、奥歯を噛みしめる。

しばらくそうしていると、母親が話し出した。

「あの子、同級生を殺したんだって？」

「誰が言ったんですか。そんなことあるはずないでしょう」

声が震えた。

母親が自嘲《じちょう》するように、かすかな笑みをみせた。

「あの子のね、スマートフォンを見たの。酷いね、いろいろ書かれていた。ほかにも、大麻やったり、万引きしたり、売春したり、していることになっていた」

遠い目をしていた。

「私が夫と上手くいかなかったせいで、うちは母子家庭なの。あの子には兄がいるんだけど、盗みをした挙句に人を殴ったせいで、今は少年刑務所に入ってる。貧乏が嫌だったのでしょうね。生活保護だと、子供たちはアルバイトで自由に稼ぐことも難しい。あの子も、もしかしたら、私が不甲斐《ふがい》ないばっかりに、見えないところで悪さしていたのかなって考えちゃう。飛鳥は全然、学校での話とか、しない子だった」

ぼんやり話し続けている。

「ちょっと前なんかは、いきなり五万円を持ってきて、『みんなで、何か美味しいものを食べに行こうよ！　弟におもちゃも買ってあげられるよ』って、笑っていたのよ。『そのお金は、どこから？』って聞いても、何も教えてくれないの。ね、変だと思うでしょう」

「おばさんが、自分を憐《あわ》れんで、負い目を持つのは勝手ですけど」

思ったより、棘のある声が出た。

「飛鳥のこと、悪く言わないでもらえますか。あの子、気が強くて、やられたらやり返し過ぎるタイプで、確かにトラブルになることはありましたけど、でも、『刑務所にだけは行かないようにしてる』って言っていました。それって、おばさんたちのこと、大事に考えていたからでしょ。学校での話をしないのだって、心配をかけたくなかったからだと思います。あと、あのお金は、飛鳥が痴漢を捕まえて脅し取ったお金で、真っ当ではないけど、悪いお金でもない。説明はしにくいですけど」

止まらない。

「わたし、あの子のこと、好きだった。華やかで、さばけていて、いつだって皆から注目されていて、……一緒にいて、楽しかった」

また目の奥が痛くなり、視界がぼやける。

飛鳥の母親を睨みつけた。

「母親でしょ。母親なら、あの子のこと、信じてあげてよ。お母さんなら信じてよ。なんで信じてくれないのさ」

飛鳥の母親はびっくりした顔をしている。我に返った。

最悪だ。娘を亡くした母親の前で泣き喚いて、当たり散らすなんて、最悪だ。

急に自分が恥ずかしくなった。

「すみません、お邪魔しました。もう帰ります」

逃げるように言い捨て、急いで玄関に向かう。

「湊ちゃん！」

骨箱の前に座ったままの母親から声を掛けられ、立ち止まる。

「ありがとう」

「いえ」

そのまま重たいドアを体当たりするように開けて、外に出た。自分に腹を立てながら、階段を下りる。飛鳥の死で動揺していることに、今更気付いた。

「なけなしの十万円じゃないか。バカじゃないか、あいつ」

気付かなかった。飛鳥の家が貧しい暮らしをしているなんて、考えもしなかった。十万円を渡されたときも、あぶく銭を貰ったくらいの感覚でいて、その金が彼女にとって、どれだけ価値があるものなのか、考えもしなかった。

「本当、最悪。最悪だ。全部、最悪」

今になって、どんな気持ちで、私に十万円を渡してきたか、知ってしまった。強気な笑顔の下で、どれだけ追い詰められていたか、知ってしまった。

「最後まで、私の味方でいてよ」と言っていた彼女を思い出す。

「ああもう、ちくしょう」

せめて、気に病んでいた悪評は払ってやる。

もう、それくらいしか、死者に対して、やってあげられることがない。

報酬は前払いされている。全部手遅れでも、あの子にとっての十万円分くらいはきっちり、約束を守ろうと思った。

◇

数日降り続いた雪は、嘘のように突然止んだ。

さっと雲が引き、今は穏やかな晴れの日が続いている。

冬の晴天は、空が遠い。

透き通った青空の下、木々の枝に凍《しば》れついた氷の結晶が重たげに風に揺れ、ザワザワと音を立てた。日差しは明るいのに、冷たい風が吹くせいで、雪氷が溶ける気配はない。

学校は春日の天下だ。なんとなく飛鳥の死を歓迎する雰囲気が蔓延《まんえん》している。

春日とその取り巻きたちが「死んだ美保の無念が晴れた」と喜びまわり、チャットルームにも『飛鳥が死んだのは、美保の呪いだ。自業自得だ』と、はしゃいだコメントを重ねていた。みんな面白がっている。

飛鳥が死んでも、誰も悲しまない。

休み時間、楽しげに浮かれる春日たちを見ていたくなくて、廊下に出る。

窓の外を見た。

久しぶりの晴天で、グラウンドに造られたスケートリンクが、波間のようにきらきら光っている。その奥に、根釧神社の鎮守の森が見えた。

お祓いに行け、なんて言わなければ、まだ彼女は生きていたのだろうか。

なぜ、あんな場所で死んだのだろうか。

ずっと違和感があった。飛鳥が死んだ宝物殿のあるあたりは、神社の境内でも、参拝客が訪れるような場所ではない。お祓いに訪れるだけなら、参道を通って社務所に行き、申込をして拝殿から本殿へ渡るだけでいい。どうしてわざわざ、雪の日に寒い思いをしてまで、危険なところへ行ったのだろう。

昨日、神社の宮司を訪ねた。

飛鳥の友人だと伝えると、老境に差し掛かった男性宮司は痛ましい顔をして、社務所の応接室に上げてくれた。

底冷えのする部屋で、簡素な布張りのソファに腰を掛けて向かい合う。

「すみません、どうしても飛鳥が事故死したと信じられないんです」

「嘘であってほしいという、お気持ちは分かります。私がもっと気を付けていたら……」

宮司は沈痛な面持ちで俯いた。安全管理がなっていなかった、と呟く。

「これからは屋根の雪下ろしにも、人を雇うことになりそうです」

頷いて、問いかけた。

「すでに私の同級生が、乃木春日という子ですが、こちらで氷柱割と雪かきのアルバイトをしていましたよね」

「ああ、友人のお嬢さんです。お願いしている仕事は、アルバイトというほど、きっちりしたものではありませんが……」

宮司は、顎に手をあてた。

「働いたら申告してもらい、出来高払いをしています。作業に必要なスコップなどは宝物殿にあるので、あらかじめ数字錠の番号を教えて、自由に使ってもらっています」

「飛鳥が亡くなった日は、仕事を頼んでいなかったのですか」

「当初は来る予定でしたが、急用で来られなくなったと連絡がありました。基本的には、好きな時間に来て、自由に仕事してもらいます」

「そういう勤務形態だと、いつからどのくらいの時間、仕事をしたのか分からないのでは」

時給だと聞いたが、なかには嘘をつく子もいるのではないのだろうか。

「この仕事をお願いしているのは乃木さんだけなので、これまで自己申告制でも問題はありませんでした。でも、人手が足りないのは確かで、そういえば、友人を連れてくると言っていましたね」

宮司と話していると、職員が顔を出した。

「今、ちょっといいですか」

宝物殿の暖房が入りっぱなしでしたよ、と渋い顔をしている。

「いつからだろう」

「分かりません。切ってきましたが、光熱費の請求が怖いですね……」

二人でこそこそと話をしている。切り上げ時だと思い、その場を辞した。

もしあの日、神社に春日がいて、それを飛鳥が見かけたなら、きっと駆け寄って一発殴ろうとするだろう。そういうことなら、飛鳥が宝物殿の軒下にいた理由も分かる気がする。

そのまま廊下の端で考え込んでいると、声を掛けられた。

「伊勢さん、ちょっといい？」

振り向くと、長身の涼しげな目元をした男子生徒がいた。

「確か、飛鳥の元カレの」

「高瀬《たかせ》、高瀬成海《なるみ》。ていうか、俺は別れたつもりじゃなかったんだけどな……」

寂しそうな顔で肩を竦めている。

「そうなの？　飛鳥が『別れた』と言っていたから、てっきり」

高瀬は首を振った。

「飛鳥が死ぬ前、すごく叩かれていた時期があったじゃん。大麻をやっているとか、売春をしているとか。さすがに気になって問い質したら、『私のこと信じられないなら、別れよ』って怒られた。落ち着いたら、謝ろうと思っていたのに、こんなことになっちゃって……」

「あの子、高瀬君と別れたと勘違いして、とても落ち込んでいたよ」

「そうなん⁉」

少し嬉しそうな顔。

「なんで微妙に嬉しそうなのさ」

「いや、俺ばっかり、飛鳥を好きだと思っていたから」

俯いて眉を下げた。

「美人で、スタイルが良くて、気風《きっぷ》が良くて、一緒にいて楽しい。飛鳥って、めちゃくちゃイイ女じゃん。俺がテニス部に入ったのだって、飛鳥がいたからだよ。昔から、ずっと片想いしていて、やっと付き合えたと思っていたのに」

「でも最初は、美保と付き合っていたよね」

指摘する。

「高瀬君は、美保と付き合っていたところを、飛鳥に寝取られたんじゃないの？」

「伊勢さんって結構、えげつない聞き方するんだね」

苦笑いされた。

「俺が寝取られたって、誰が言ってたの？」

「飛鳥」

「そっかあ、そういう風に思ってたんだ。確かに順番的には、寝た後に交際を申し込んだことになったけどさ……」

高瀬は首を傾げて、悲しそうな顔をした。

「俺の本命は最初から、飛鳥だったんだよ。美保と付き合ったのは、『飛鳥と両想いになるまでの繋ぎでいいから』って言われたから。美保とは幼馴染《おさななじみ》で、ずっと俺に惚れているのは分かっていた。向こうは向こうで、ずっと俺が飛鳥に片想いしているのを知っていた」

「ずいぶん、不毛な関係だ」

「だよな。俺も最初は断ったんだよ。でも美保が必死で言い募ってくるから、断れなくなっちゃった。長いこと友達だったし、情はあったから『繋ぎなら、いいか』って」

「結局、別れるときに揉めたでしょう」

美保は、高瀬のことが本当に好きだった。死ぬ直前にも、飛鳥に勝ち目のないケンカを売るくらいには、諦めきれていなかった。

「いや、全然。『飛鳥と付き合えることになった』って言ったら、笑っていたよ。『友達ではいようね』って。でもそれは飛鳥が良い顔しなかったから、ごめんってなった。飛鳥に言われて、スマホから美保の連絡先を削除して、ＰＩＮＥもブロックしたよ。俺さ、飛鳥のこと、本当に大事にしたかった」

「美保にとっては酷な話だね」

もともと美保は、飛鳥に対して外見のコンプレックスを抱えていた。高瀬への恋が絡んだことで、より拗《こじ》らせていったのだろう。

「やっぱり、酷い話かな」

高瀬は、また俯いて、今度は少し笑った。

「だからって、俺が飛鳥を我慢して美保と付き合い続けるのは無理だ。飛鳥と付き合いながら美保に良い顔をし続けるのも、違うだろ」

「うん」

高瀬は窓の欄干に腕を置いた。茫洋と神社の方を見ている。

「俺はまだ、飛鳥が死んだって、信じられない」

「うん」

「飛鳥が死んだのに、みんなが浮かれているのも、信じられない」

「うん」

「俺はすごく悲しいのに、なんで、みんなは喜んでいるんだろう」

「うん」

しばらく、二人で黙っていた。

「飛鳥のこと、これからも話しに来ていい？」

こちらを見る高瀬の目は濡《ぬ》れていた。

連絡先を交換していると、「あーっ」という声がした。

廊下の向こうから、春日の取り巻きの一人が、こちらを指差している。

「高瀬くん、マジでフットワーク軽すぎない？」

「美保と飛鳥に続いて、今度は湊とか。乗り換え早すぎるでしょ」

取り巻きの女子たちのクスクスと笑う声。周囲の生徒たちは、修羅場を期待して聞き耳を立てはじめた。高瀬がムッとした様子で言い返す。

「そういうんじゃない」

「湊に誘われたんでしょ？　飛鳥に誘われたみたいに」

ひときわ、悪意のある声が響いた。春日だ。廊下のこちら側とあちら側、見えない線が引いてあるみたいに、飛鳥の死を境界線にして反対の立場をとる人間が向かい合っている。

「お前、いい加減にしろ！」

高瀬は激昂《げっこう》しているが、私には下手な煽りよりも、もっと気になることがあった。

「ちょうど良かった。春日、二日の夕方はどこにいたか、教えてくれない？」

「え、何？」

質問されると思っていなかったのか、面食らっている。首元からは、いつも吊り下げていたお守り人形が消えていた。

「だから、二日夕方。飛鳥が死んだ時間。神社で雪かきのバイトをしていたんじゃないの」

「伊勢さん」

高瀬が驚いた様子でこちらを見る。春日が顔を歪ませた。

「何よ、私が飛鳥をどうかしたと思っているの？」

「うん」

「下らない。そんなことあるはずないでしょ」

「いや、ある。だって、あんた、死んだ飛鳥に怨《うら》まれている」

向かい合ったまま腕を伸ばして、窓の外の神社を指差す。

ぐっと、春日が言葉に詰まった。

取り巻きが動揺している。面白がっていた生徒たちは目を輝かせている。高瀬が心配そうな顔で私を見ている。

昼下がり、廊下の外れ、校内の喧噪《けんそう》に耳を傾けながら、静かに答えを待つ。

しばらくして。

「……の家にいた」

小さな声で聞こえなかった。

「はい？」

「だから、沙貴の家にいたんだって」

春日は「同じことを何度も言わせないでよ」と声を荒げた。

「期末試験の勉強をしていたの。何を疑っているのか知らないけど、飛鳥が死んだ時間は沙貴と一緒にいたんだって」

◇

沙貴の部屋は、いつ来ても快適だ。

外がどれだけ寒くても、常に室温は二十五度に保たれ、何も言わずとも、お菓子とココアが出てくる。家具や壁紙は、女の子なら一度は憧れるような、パステルカラーの優しい色合い。座り心地のよいふかふかのクッション。私の物置部屋とは大違いで、比べる気にもならない。

放課後、春日の言葉の裏を取るために、久しぶりに訪れた。

沙貴は長い髪をきれいに編んで、淡い色合いのワンピースを着ていた。

ここ二年は、幽霊のように髪を垂らした部屋着姿しか知らなかったので、新鮮だ。

「本当に春日は来たの？」

「二日ね、本当に来たよ」

最近、結構うちに来るんだ、と言う。

「春日だけじゃないよ。進学クラスの子も何人か、よく春日に連れられて、うちに遊びに来る。みんな良い子だよ、素直で、信じやすくて」

「そう」

「オカルトに興味津々で、うれしくなっちゃう」

二人で座卓の前に座り、ココアをすすった。均一なチョコレート色で、口当たりが滑らかだ。沙貴の母親が、丁寧に練って淹《い》れたのが分かる。

「ママはすごく喜んでる。ただ、来る子、来る子、全員に手作りのクッキーを渡して『沙貴をよろしくね』って頼むのは、本当にやめてほしい。選挙活動かよ」

「心配なんだね」

「しゃしゃり出てくんなっつーの。本気でウザい」

沙貴は、ワンピースの下の足をバタつかせた。

マグカップの中の水面《みなも》に映る自分は、曖昧な笑みだ。

「二日に春日が来た時、お母さんはいたの？」

「いいや。親戚のお見舞いで、ママがいなかった。夜にパパが帰ってくるまで、私一人で留守番していた」

「その時のこと、もっと詳しく教えて」

「ええ、つまんないよ」

ぷいっと沙貴は横を向いた。

明らかな「この話は止めよう」という素振り。構わず、じっと待っていると、しぶしぶといった風情で口を開いた。

「あの日、春日がいきなり連絡もなく押しかけてきて、びっくりした。寝ていたし」

「いつもアポ無しなの？」

「いいや。いつもなら、何人かと一緒に来るし、メッセージで『今から行く』とか伝えてくる」

「何時くらいに来たの？」

「夕方六時くらいかな」

「どうしてそう思った？」

「しばらく期末試験の勉強をして、『何時だろう』ってなったとき、春日が『六時三十八分だ』って。確かに、時計を見たら六時半過ぎだった」

ちょうど飛鳥が発見されてすぐくらいの時間だ。

部屋の壁を見上げると、長針と短針の見分けがつかないファンシーな壁掛け時計が、カチカチと音を立てている。

「春日は、どんな様子だった？」

「普通。数学のテキストを開いて、一生懸命に勉強していたよ。私も一緒に勉強した」

「ふうん、数学？」

「そう、数学」

腕を組んで、首をひねった。

「何考えているの？」

「なんで今、沙貴が嘘をついたのか、考えている」

瞬間、沙貴の瞳孔が開いた。

「なんで」

「春日ってさ、医学部に進学するための塾に通っていて、うちの学校の勉強なんて、もう一通り終わらせているんだよ。テスト前の勉強なんて、苦手な英語以外、する必要がない。あの子が、わざわざ『期末試験の勉強』をするなら、英語しかないんだ」

沙貴は黙っている。

「二日午後六時に、テスト勉強のために、ここに来たなんて、嘘だ」

答えが無いので、そのまま言葉を続けた。

「春日に口裏合わせを頼まれたんでしょう。飛鳥の死んだ時間、実際にはこの部屋にいなかったのに、いたことにしてくれって言われたんでしょう。嘘の証言をするなら、もっと打ち合わせして、詳細を詰めておくべきだったね」

「そんな打ち合わせしないよ」

沙貴は首を振った。

「あのとき期末の勉強は、私しかしてなくて、春日はぼんやりしていただけだから、私がやってた数学のことを答えただけ」

「この部屋に二人でいた時間は？」

「春日は『六時三十八分だ』って言ったから、それを信じてる」

「それが嘘でも？」

「嘘でも。今は」

沙貴に問いかけた。

「なんで春日を庇うの？」

「『友達』だから」

「何それ」

「春日は、私のこと『友達』だって言っていた」

沙貴は、笑っている。

私は片眉を上げた。

「都合よく春日に利用されているだけじゃないの。あの子、自分のことしか考えていないよ」

「そんなの、みんなそうじゃん。湊は誰かのために行動することある？」

「今は、死んだ飛鳥のため」

「それって結局、自分のためじゃないの？　違うって言い切れる？」

黙った。

十万円の約束がなければ、ここまで躍起《やっき》になって、首を突っ込んでいないだろう。

答えない私を見て、ほら、と沙貴はうれしそうだった。

「みんな自分のことしか、考えていないんだよ。誰かのために行動するなんて、ありえない。だったら、見返りがある方がいいよね。私にとって、春日と『友達』でいることに、今は旨味がある。だから、自分のために、春日を庇うよ」

笑顔のまま、沙貴は続けた。

「だいたい、全ての人間関係は利用しあうことで成り立っているんだよ。だから、利用されていたとしても、それが普通だし、むしろ利用価値があるということだから、喜ばしいことだよね」

「喜ばしいかな」

「他人にとって価値があるということだから、喜ばしいよ」

「それって、自分の価値の判断を、他人に委ねているだけだと思う」

沙貴は目を細めて笑うだけだ。

二人とも同時にココアをすすった。

唐突に、沙貴が口を開いた。

「私、明日から、そろそろ学校に通おうと思っているんだ」

「それは、飛鳥がいなくなったから?」

沙貴は「そう。中学のときの、いじめの主犯格二人がいなくなったから」と、さらに目を細めた。

「だから、余計なことをして、『友達』の春日に目をつけられたくない」

今の春日は『友達』がたくさんいて、湊はひとりぼっち、と沙貴は言葉を続けた。

「私にとって今、湊の味方をしても何の得もない。せっかく不登校から復帰したのに、一緒にハブにされるとか、寒いだけ」

「実際に何があったかを、明らかにしたいと思わないの？」

笑いをこらえるように、沙貴は体を震わせた。

「それって、何か、私の得になる？　事実というのは、皆がそうだと信じてしまえば、それが事実になってしまうものよ」

沙貴は、私はよく知っている、と言葉を続けた。

「実際に何があったかは重要じゃない。何を信じているかが重要。自分が何を信じているかが主観的事実で、みんなが何を信じているかが客観的事実。そのすり合わせが真実で、時と場合によって変わるものでしょ。違う？」

「真実はいつもひとつ、って言うよ」

「そんなこと思ってもいないくせに。〝しんじつ〟って、信じたい事実の略称だよ」

ギラギラ光る目で見つめられる。

ため息をついた。

「分かった。じゃあその、主観的事実と客観的事実が矛盾しない部分を教えて」

「春日がうちに来て、夜、パパが帰ってくるまで、私と一緒に家にいた」

何時に、という部分に触れていないことに気付いた。

「それだけだと、『春日は、沙貴の家に来る前に、神社で飛鳥を殺した』って、解釈もできるけど」

いいんじゃない？　と沙貴は笑った。

「でも、今のままの湊の話じゃ、誰も信じないよ。飛鳥が死んだことを春日のせいにしたいなら、もっと上手に、皆が納得するような推理を組み立てなきゃ」

◇

「いろいろ、うまくいかない」

やり切れない気持ちになって、ダブルベッドのシーツに転がった。赤城さんに呼びつけられ、連れ込まれたラブホテルの天井は、うっすらとヤニで黄ばんでいる。

首を絞められたせいで、喉が痛かった。

春日が怪しいのは分かっているのに、詰め切れない。

悩んでいると、バスルームからの水音が止まった。

「どうした」

シャワーから上がってきた赤城さんは、上機嫌で私の頭を撫でようとする。

頭上から伸ばされる他人の手は怖い。

反射的に首を振って躱《かわ》してしまった。

「なんだ、ご機嫌斜めか」

赤城さんが気を悪くしていないことに安心する。プレイ以外では気のいいお兄さんといった風情だが、いつスイッチが切り替わるか分からない怖さがある。怖がっていることを誤魔化すように、ベッドに腰かけた赤城さんの背中へすり寄った。

「ねえ赤城さん、罪を認めない奴に自白させる方法を教えてよ」

「拷問《ごうもん》。ハンドドリルで膝の骨に穴を開けると、めちゃくちゃ痛いし、そいつは逃げられなくなる。一石二鳥だぞ」

「うーん」

電動ドリルが唸り、膝に開けられた小さな穴から、細かく骨の欠片が混ざった肉のミンチが、うにょうにょと出てくる様子を想像する。

「もっと穏便な方法がいいな。同級生だし、五体満足の方法でお願いします」

「目的によって、やり方は変わってくる。お前はなんで同級生の口を割らせたいんだ」

赤城さんは煙草に火をつけた。その手に収まっているジッポライターを眺めながら、考えを口に出す。

「死んだ友達の評判を回復したい。多分、その子に嵌《は》められたせいで死んだ・「その同級生が友達を殺したのか」

「それは分からない。刺したり殴ったりというような、直接的な殺害行動は無かったと思う」

春日には、そこまでの覚悟と無分別さはない。飛鳥の死の状況的にも、考えにくいだろう。

「でも、その子がいなきゃ、きっと友達は死ななかった」

「なるほど。そいつに『殺した』と認めさせれば良いんだな」

赤城さんの吐き出した紫煙が漂っていく。

「そいつ以外の全員に、お前の友達の死を、そいつの罪だと思わせろ。本人がどう主張しようと、周りが全員そう思えば、そいつが犯人になる。実際の裁判だってそうだろ。そこまで追い詰めてからが勝負だ。後ろめたい人間は、弁解という名の自白を始める」

「赤城さんでも?」

「俺には、後ろめたいことなんて、ないぞ」

覚せい剤も、人身売買も、人殺しも多分、しているのに？

言葉には出さないが、顔には出ていたのだろう。

「俺が悪いわけじゃないからな」

赤城さんはぐしゃりと私の髪を撫でて、笑った。

「そりゃ、今は犯罪のデパートみたいな行状だけどさ、仕方なく、こうなったわけだよ。俺に手を汚させなきゃいいのに、世の中が、そうさせるわけだ」

「この前、ムカつく奴がいたら殺す、って言っていましたよね」

このヤクザが胸に隠し持っている9ミリの弾丸は本物だ。

「俺をムカつかせる奴が悪い。俺は悪くない」

悪びれる様子もなく、そう言い切った。

私は曖昧に微笑んだ。後ろめたいという心の動きは、良心の呵責《かしゃく》だ。良心が無ければ、後ろめたいことなんてない。

「お前のムカつく継母も、俺が何とかしてやるよ」

「どうか、お気遣いなく」

恩着せがましいのは嫌いだ。それに、赤城さんのは、恩着せがましいを通り越して、後が怖い、恐ろしい。何を要求されるか考えたくもない。

「わりと本気で、お前のことは気に入っている。娘みたいに」

「ええ？」

実の娘に首絞めセックスするんですか、と思ったが、そこまでは言わなかった。

年上の男が好む女子高生の物怖《ものお》じのなさ、生意気さを演出するのは、とくに赤城さんのようなサイコパスが相手ならば、とても神経を使う。

「俺、この町に出張で来るたび、娘を捜しているんだわ。嫁の地元がこっちの方で、絶対に娘を連れて逃げてきていると思うんだよね。可愛い娘でさあ、息子はどうでもいいけど、せめて娘は置いてけよってなあ。だいたいムショ入った隙にいなくなるなんて、舐めた真似しやがって」

「赤城さんから逃げるとか、根性あるなあ」

ぼんやり呟いた。赤城さんは虚を衝《つ》かれたような顔をした後、確かにそれはそうだ、と笑った。

「お前も、俺から逃げようとか、思うなよ」

「どういうことですか」

赤城さんをまじまじと見上げる。真顔だった。

知らない間にスイッチが切り替わっていた。

「お前の本名と住所を、知ってるって言ってんだよ」

背筋が凍る。

「なんで」

声が震えていたと思う。

身分証の類は持ち歩かないようにしている。制服は校章を外してある。

赤城さんが本気になれば特定されるだろうとは思っていたが、それなりに手間をかける必要がある。基本的にヤクザは採算が取れないことはやらない。もし赤城さんが、私の個人情報を特定する手間をかけても構わないと思うような一大事が起きているなら、私の人生は詰んだも同然だ。

凍った私を横目に、赤城さんは煙を吐き出した。

「成り行きだ、成り行き。何もなければ別に、お前をどうこうしようって訳じゃない。そんなに怯えんな」

ちょっと脅かすつもりが、想像以上にビビらせたみたいだな、と赤城さんは笑った。

深呼吸をして、動揺を腹の奥に押し込む。もしかして、と口を開いた。

「お仕事の副産物で、たまたま私の個人情報を手に入れたって感じですか」

「そんな感じ」

浪費が激しい継母の顔が脳裏に浮かんだ。あの女が赤城さんの仕事に巻き込まれたなら、私にできることは何もない。なるべく頭を低くして、嵐が通り過ぎるのを待つだけだ。

◇

翌日から登校してきた沙貴は、すぐに学校に馴染んだ。春日の派閥、美保の霊魂の存在を信じて活動していたグループの中心人物として、校内に顔見知りを増やして地歩を固めていたことが、不登校からのスムーズな復帰に功を奏した。

沙貴は春日と一緒に行動するようになり、春日は長年の親友のように沙貴を扱った。一方で私は、現在の主流派である春日の派閥から目の敵にされているせいで、相変わらず村八分状態が続いていた。ひとりぼっちを気に病むほど繊細ではないが、登校してきた沙貴に挨拶をしたところ、完全に無視され、春日たちに失笑されたのはバツが悪かった。

春日と絶縁状態になっていることで、学業にも多少のダメージがあった。これまでは彼女が通っている予備校の参考書や問題集を無料でコピーさせてもらっていたが、その恩恵に与《あずか》れなくなったことで効率が落ち、勉強時間を増やさねばならなくなった。

「くそ。面倒くさい」

放課後すぐに図書館に行って勉強し、閉館後はコンビニのフリースペースに辿り着く。帰宅部で良かった。部活動に入らなかったのは、部費を払う余裕が無かったからだが、今になって考えると、売春しながら学業の成績を維持する最適解だった。

コンビニの店内には、やる気のない店員が一人だけ。他に客がいないスペースの背の高い椅子に腰掛ける。窓際のカウンターに教科書を広げ、ふと誰かに見られているような気がして、外に目をやった。

誰もいない。

ガラス一枚隔てた向こう側は銀世界だ。夜の闇のなか、通り過ぎる車のライトに照らされた駐車場の雪がぼんやり光る。車が去れば、また闇は戻り、ガラスは鏡のように自分の顔を映した。

窶《やつ》れて疲れた顔をしていた。死ぬ前の母の顔に瓜《うり》二つだった。

たまに、ここにいるのが自分なのか母なのか、分からなくなる時がある。

顔を撫でていたとき、スマートフォンが震えた。沙貴からの電話だった。

「もしもし」

受話ボタンを押した拍子に、耳に沙貴の声が流れ込んでくる。

「今日は無視してごめんね。でも、いま春日のグループにいるから、学校で湊と話せないの。話しているところを見られたら、私までハブにされるかもしれないから」

「分かってるよ」

電話で顔が見えないというのに、つい頷いた。

今の私は不可触民みたいなものだ。とくに沙貴のように不安定な立場なら、関わりたくないと思うのは当然だろう。

「そういうものだし、私は気にしてないよ」

「気にしてないんだ……」

沙貴の、少し、衝撃を受けたような声。

「いや湊、でも」

沙貴が言葉を継いだ。

「『学校で私に話しかけないで』って言われたら、さすがにショックでしょ。今は強がっているだけじゃないの？」

「別に。もう話しかけるつもり、なかったし」

息が詰まったような数秒の後、沙貴は話題を変えた。

「そういえば春日が、湊の呼び方を『湊ちゃん』から『湊』へ変えた理由って、知ってる？」

美保の呪いの成就に協力するのを拒んで以降、春日から私への呼び方は、ちゃん付けから呼び捨てになっていた。

「〝美保の霊魂〟への協力を拒んだから、怒っているんでしょ」

「ちょっと違うかな。春日は大事にしていた湊に、振られたと思っているんだよ」

「振られた？」

沙貴は含み笑いをしながら、話を続けた。

「本人から聞いたけど、春日が帰宅部なのは、湊とお揃いにしたからなんだって。湊は孤立しがちで、かわいそうだから、いつも一緒にいてあげてたんだって」

「はあ」

「他にも、予備校の参考書やテキストをコピーさせてあげていたし、食生活や友人関係のアドバイスもしてあげた。割の良いアルバイトを紹介してあげたとも言っていた」

「ふうん」

「春日は『これだけ尽くしたのに、してあげたのに、私より飛鳥につくなんて』って怒っていたよ」

「へえ」

春日が、そんな恩着せがましく思っていたとは知らなかった。

ほとんどが、余計なお世話や空回った気遣いばかりだ。

「春日にとって、湊ってちょっと取っつきにくいところがあったみたい。それでも仲良くなりたくて、ちゃん付けで呼んでいたらしいの。でも今は決別するために、呼び捨てにしたんだって」

「ほう」

「湊って、馴れない猫みたいなところがあるから、自分だけに懐いてほしかったんじゃん？　正直、気持ちは分かるよね。私も、そう思って、仲良くなりたかった時期はある。無理だったけど」

「はあ」

「……興味無さそうだね」

「いや、そういうわけでもないけど、やっぱり春日とは価値観が違うな、っていう感慨が強くて」

何となく春日と一緒にいたけれど、本当はずっと噛み合ってなかったのだろう。

「湊と考え方が近いのって、飛鳥でしょ」

「そうかもね」

飛鳥本人からも「価値観が似ている」と言われていた。だが、飛鳥の行動のいくつかには、私なら絶対にやらないようなものもある。

「でも、飛鳥のことを完全に分かっていたわけじゃないよ。だって未《いま》だに、なんで飛鳥が学年チャットに、本名でコメントを書き込んでいたかが、理解できない。あんな匿名掲示板みたいな、誹謗中傷《ひぼうちゅうしょう》が渦巻く場所に、なんでわざわざ標的になりにいく真似をしたのかな。美保の葬式での不謹慎コメントの件だって、匿名だったら叩かれなかったはずでしょ」

「芸能人と一緒だよ」

沙貴は笑った。

「芸能人が、匿名が基本のＳＮＳで、炎上リスクを冒して、わざわざ本名でコメントするの、何でだと思う？」

「注目されたいから？」

「そう、あと、ちやほやされたいから。匿名でコメントしても、その他大勢と同じ扱いで、誰も気を遣ってくれない。スルーされるかもしれないし、論破されるかもしれない。自分を特別だと、その他大勢から抜け出ていると信じている人間にとっては、そんなの我慢ならないじゃん。プライドが許さない。だから知名度のアドバンテージを利用するため、名前を明かして発言する」

「なるほど」

確かに飛鳥は、注目されるのが好きだった。

「沙貴はよく人のことを見ているね」

誰かがコンビニ店内に入ってきたのか、背後でドアチャイムが流れた。

「もしかして、まだ外にいるの？　家に帰れないの？　帰らないの？」

沙貴は面白がるような声で聞いてきた。

ため息をつく。

「そろそろ帰るところだよ」

◇

いつもより、少し早い時間に家に戻る。自宅は住宅街のやや外れにあり、両隣は空き地だ。街灯の弱々しい光が玄関までを照らすが、家全体はどんよりとした闇に沈んでいた。

音を立てないよう、こっそりドアを開け、家の中に入る。そっと靴を脱ぎ、廊下に足を滑らせ、定位置である階段下の物置に入ろうとしたところで、物音がした。

振り返ると、通ってきた廊下に、玄関横の客間から、ズルズルと継母が出てくるところだった。

腰を曲げて、手を伸ばし、何かを引きずっている。

客間は要介護の祖母が寝室として使っている部屋だ。あんなに重そうなものがあっただろうか、と目を凝らしたところで、継母がこちらを向いた。

玄関外からの薄明かりで、逆光となっていて顔は見えないが、常軌を逸《いっ》した雰囲気なのは感じ取れた。

「……見た？」

冷たく囁くような声で問われる。

ヤバい、と思い、慌てて物置に体を押し込めた。内側から扉を閉め、把手代わりの彫刻刀で彫った溝に爪を立てて、外から開けられないように引き寄せる。

床にドン、と何かを落とした音の後、パタ、パタとスリッパの音が近づいてくる。音は扉の前で止まり、継母が板一枚を挟んですぐ向こう側にいるのを感じる。いきなりグッと扉を開けられそうになった。死にそうな気持ちで爪に力を入れる。

「いま、見たでしょ」

「……」

「ここ開けな」

「……」

板がガタガタと揺れ、さらに開ける力が強くなり、手指の爪先が剝がれるのが分かった。

あ、ダメだ。

扉が開くと感じ、母の位牌を手繰り寄せ、衝撃に備えて体を丸める。

「……見た？」

「見てません」

暗闇で、彼女の顔がはっきりと分からないのは幸運だった。

スマートフォンの背面ライトを顔に向けられ、思わず眩《まぶ》しさに目を背けた。継母が、

「本当に？」

胸に抱いた母の位牌に目を止める気配がする。数秒の重たい沈黙の後で、物置の扉が

閉められた。

「あんたは何も見なかった、いいね。まったく」

板の向こうから聞こえてくる、さっきとは雰囲気の違う、人間臭さが混じった声にホッとする。

「はい」

「こんな時間に帰ってくるんじゃないよ」

足音が遠ざかっていく。また何か重いものを引きずる音がして、それをどこに持っていこうとしているのだろうと、追いそうになる耳を塞いだ。

何が起きているのか、今は知らなくていい。知らない方がいい。

現実を直視することは、正しい情報を得ることは、生きるために大事なことだけれど、今それに向き合えるほど、私の心は強くない。どうせ、今夜のことはなるようにしかならない。それがどんなに良くないことでも、起きてしまった後に、私にできることは何もない。いま耳を塞いで、何も見ないようにしていることの正当性を探して、頭の中で理屈をこねる。頭の中で弁明する。

一生懸命、現実から逃れようと焦っていると、手の中でスマートフォンが震えた。

強張った指でガチガチと操作する。

香取さんからのメールだった。

【鑑定結果が出た】とのタイトル。

『ミナちゃんの友達の件な、やっぱり家族以外の指紋は出てこなかったよ』

継母とのやり取りで頭がいっぱいだったので、一瞬、何の話か理解できなかった。

数秒経ってようやく、美保が死んだ原因となったファンヒーターの指紋鑑定の件だと理解する。

狭くて寒い物置のなかで、体を縮こませて震えながらメールを打ち返した。

『じゃあ、誰かに美保が殺された可能性はさらに低くなったんですね』

春日は、飛鳥が美保を殺したと信じていた。

降霊術でのお告げをもとに、学校中に噂を広め、さも飛鳥が殺人鬼のように語っていた。

『それどころか。ご遺族にも伝えたことだけど、ファンヒーターの安全装置を解除したの、どうも本人っぽいんだよな』

時間消火のロックを解除するための内部スイッチに、爪楊枝《つまようじ》が刺さっていたという。

『爪楊枝には、本人がしていたマニキュアの成分が付着していた』

『つまり、自殺ってことですか』

『さあ。ただ寒くて、そうしたのかもしれない。意図は分からない。でも、ロックを解除したのは、間違いなく本人だと思う』

寒いという理由だけで、そうしたのではないだろう。

美保は、密閉空間での一酸化炭素中毒の危険性を十分に知っていた。

葬式の日、美保の母親は「ヒーターを消さずに寝るような子じゃないのよ。昔から、口を酸っぱくして言っていたから、分かっているはずなの」と言っていた。

死にたかったのだろうか。少なくとも、死んでも構わないとは、思ったはずだ。

何が彼女をそんなに投げやりにさせたのだろう。

失恋？

でも、私の知っている美保は、たった一度の失恋くらいで命を投げ出すような、線の細い少女ではない。もっと往生際が悪いというか、点差が開いていても、試合終了まで諦めず何度も球を拾いに行くような、ガッツがあった。

もっと何か、決定的な状況がないと、死のうなんて思わないはずだ。

しばらくの時間、香取さんが『次に会えるのはいつ？』と聞いてくるまで、スマートフォンを握ってぼんやりしていた。

◇

眠れない夜を過ごした。物置の隙間越しに朝の薄明かりを見た時、言葉では言い表せないほど安心した。無事に夜を越せた。継母の気配は完全に一階から消えている。きっと一仕事終えて、二階で寝ているのだろう。シェイクスピアの「明けない夜はない」という一節が頭をよぎり、そんなことを思い出せる自分に少し笑った。

大丈夫。笑えるなら、自分はまだ、余裕がある。

そっと玄関を出て、学校に向かう。しばらく家に帰ってこなくて済むように、着替えを持っていく。赤城さんが不穏なことを言っていたのも気にかかる。昨夜の衝撃が心の中で消化できるまで、なるべく家に寄りつきたくはなかった。

ふと思いついて、スマートフォンを操作する。飛鳥が死んで以降、トピックが少なくなった学年のチャットオープンルームに匿名で書き込んだ。

『美保、自殺だったっぽいって』

『ファンヒーター弄ったの、本人みたい。そういう形跡があったんだって』

あまり正確に書くと、情報の出所が分かってしまうので、細かいところはぼやかす。

みるみるうちに、返信コメントが連なった。

『どういうこと？』『飛鳥に殺されたんじゃなかったの？』『美保のお母さんは、葬式で「殺された！」って叫んでいたじゃん』『降霊術ってやっぱ、嘘なの？』『嘘じゃないよ！』『春日乙』『違う！』

あと、もう二、三言書いておこうか。

『美保の家の、指紋の鑑定結果が出た』

『飛鳥の指紋は、なかった。だからマジで飛鳥は無関係』

すぐ既読になり、誰かからの返信がつく。

『なんでそんなに詳しいの』

少し考えて、コメントした。

『別に詳しくないよ。こんなこと、もう美保のお母さんは知ってる。春日も知ってるはず』

それを最後に、画面を切り替えた。端末を通学カバンに入れる。

ここから、春日を追い込んでいくつもりだった。まずは取り巻きを剝がそう。

飛鳥の弔《とむら》い合戦のつもりだった。

家庭の、大人の世界の話はどうにもならないが、学校の、同年代の世界の話なら私にも手が届く。何かできることがあるというのは、救いだ。

足元の雪を踏みしめ、前を向いた。

良い天気だったが、上空は風が強く、雲が千切れるように流れていく。しばらく晴天が続いたので、来週は荒れるかもしれない。

◇

『美保は自殺なんでしょ。降霊術なんてインチキだよ』『「飛鳥が殺した」って騒いでいたのも、春日の思い込みでしょ』『なんか春日のグループ、カルト宗教っぽくて変だったもんね』『でも美保を殺した犯人の名前として、プランシェットがAを指し示したのは事実だよ』『春日乙』『だから違うって』『ちょっと待て。降霊術で出たのって、飛鳥の名前じゃなくて、アルファベットだけなの？』『Aは飛鳥の頭文字で、飛鳥の名前でしょ』『正気かよ。Aなんて飛鳥以外にもいるし、それだけで飛鳥を犯人扱いしていたの？　やばくね？』『百歩譲って降霊術が本当だったとしても、Aだけで飛鳥を犯人扱いって、思い込みじゃん』

一週間も経たないうちに、学校内の私と春日の形勢は、逆転しつつあった。

学年チャットに鑑定結果を流したその日のうちに、クラスメイトの何人かが「これまで無視していてごめんね」と擦り寄ってきた。

「乃木さんに逆らえなくって」

「別に気にしてないよ、そういうものでしょ」

生ぬるい学校の人間関係くらいでは、私は傷つかない。離れようが、寄ってこようが、正直どうでもいい。

一方で、人が離れていくことに気付いた春日は憔悴していた。もともと周囲の人間関係に依存しているタイプだ。堪えるだろう。

精神的に揺れていることで、春日の学業成績も急落していた。焦っては余計に成績が下がり、成績が下がったことで周囲に八つ当たりし、さらに人が離れていく負のスパイラルに突入していた。

先日の模試の結果も芳しくなかったらしく、放課後に遊びに行こうと誘った取り巻きに、苛立ちをぶつけていた。

「成績落ちてヤバいの。勉強するから、遊べない」

「でも、春日ちゃんは学年トップじゃん。頭良いじゃん」

「こんな偏差値の低い学校でトップなのは当たり前でしょ。私はあんたたちと違うんだから、一緒にしないでよ」

それで、最後まで残っていた取り巻きたちも離れていった。今、春日のそばにいるのは沙貴だけだ。

教室の窓の外は雪が降っていた。

授業中、視線を感じて振り向くと、斜め後ろの席の沙貴がこちらを見ていた。四つ折りにしたメモを手渡される。授業中はスマートフォンの操作が禁止されているので、誰かとコミュニケーションを取りたいなら、手紙回しになる。

メモを開けると、神経質そうな沙貴の文字で
『うまいこと、春日を孤立させたじゃん。これからどうするの？』

と書いてあった。

教師は教科書の読み上げに集中していて、こちらに気付いていない。裏紙にさらさらと書きつけた。

『沙貴がいるから、まだ春日は孤立していないよ』

それを渡して、また返事が来る。今度は長文だった。

『私もそろそろ潮時かなって思ってる。もともと、春日にグループのまとめ役はムリっしょ。今まで人が集まってきていたのは、〝美保の呪い〟っていうイベントがあったからじゃん？　そういう面白コンテンツが無いと、本人自体は一緒にいてもつまんない。しかも調子に乗っていたから嫌われているよね。だからどこかのタイミングで、私も手を切ろうかなって、思っていたり』

『庇うのを、やめるの？』

沙貴の証言がなければ、春日のせいで飛鳥が死んだということが、説明しやすくなる。

『それはまだ、湊の出方次第。だから「どうするの？」って聞いてるの』

春日を追い詰める方法はいくつか考えていたが、口の軽い沙貴に伝えるのは嫌だっ

た。

授業終わりのチャイムが鳴ったのを幸いに、やりとりしていたメモを自分のカバンに仕舞う。見られてまずいことを、私は書いていないが、妙なところで利用されても困る。前の方の席にいた春日は、沙貴と私とのやり取りに気付いていない。

休み時間、沙貴はメモでの会話などなかった素振りで、春日の席で談笑している。

私は放送委員の当番だったので、放送室に向かった。

ラジオ局の収録ブースのような放送室には、ガラス越しの防音室の手前に、校内放送用の設備がある。当番の放送委員は二時間目の後、そのマイクに向かって、もうすぐ行われる合唱祭のお知らせや登下校時の注意などを読み上げるのだ。もう一人の当番員が、教師の用意したコメントを読み上げている隙に、昼休み開始が十分早まるよう、終業チャイムのタイマーを弄った。何食わぬ顔をして、放送室を後にする。

その日の昼休みは、十分早く狂乱が起きた。

チャイムが鳴った瞬間、教室の扉を開け、購買にダッシュする生徒たち。教師達は時計を確認して、チャイムの時間が間違っていると呼びかけたが、誰も聞かない。一瞬で廊下は大運動会となり、私のクラスでも大半が昼休みを謳歌《おうか》しに立ち上がった。級友たちの何人かは壁掛け時計を見ていたはずなのに、みんな条件反射的に駆け出していった。

大挙する生徒たちに泡を食った購買の店員も、いつもより開店時間を十分早めた。級友たちと購買へ一緒に走りながら、大勢が自分の思い通りに動いたことが、少し愉快だった。

◇

それから数日後の昼休み、春日に空き教室に呼び出された。メッセージは、一人で来るように、との注釈付きだった。

空き教室に向かう途中、廊下から見た窓の外は激しく吹雪《ふぶ》いていた。天気は荒れに荒れている。荒れているといえば、学年チャットも、空模様と同じく、荒れていた。

指紋の鑑定結果を流して以降、ずっと春日の悪口が続いている。

私が論調を誘導していることも一因だ。

『もともと春日って、飛鳥と険悪だったじゃん』『春日は飛鳥のこと、頭悪いって見下していたね』『そのくせ飛鳥に邪険にされてるせいで、逆恨みしてたっしょ』『それで春日は、美保を殺したのは飛鳥だって、インチキ降霊術を使ってまで、あんなに責めていたの?』『うわ、飛鳥が可哀想。濡《ぬ》れ衣《ぎぬ》じゃん』『美保の呪いが成就するようにって、呪殺成功祈願とかまでして、実際死んじゃってるし』『でも、フツー呪いで人が死ぬ？　飛鳥は美保の呪いで死んだんじゃなくて、殺されたんじゃないの？』『春日って、神社で雪かきのバイトをしていたんでしょ』『飛鳥は神社で雪に埋もれて死んだんだよね』『え、それってさあ……、春日が飛鳥を殺した可能性があるって、ことだよね？』

いくつかの事実を投じるだけで、殊更に煽らなくても、春日は火だるまになった。みるみるうちに、飛鳥を殺したのが、春日だということになっていく。学年チャットでの炎上速度が速すぎて、私以外にも誰かが裏で糸を引いているんじゃないかと思うくらいだ。

空き教室の扉を開けると、春日と沙貴が待ち構えていた。

教壇に陣取った春日は、眦《まなじり》を吊り上げてこちらを睨んでいる。その前の席に座った沙貴の顔は困ったような、面白がるような顔をしていた。

それらの視線を受け流し、後ろ手で扉を閉める。

「話って、なに？」

「湊さあ、学年チャットに私の悪口書くの止めてくれない？」

春日が食い気味に言い募った。

「シカトしたのは、悪かったと思うけど、こんな根も葉もない話、チャットルームに書かなくていいじゃん！」

「話はそれだけ?」

自分でも驚くほど、冷たい声が出た。

「書いているの、私じゃないし。帰っていい?」

春日が駄々をこねるように叫んだ。

「神社の雪かきのバイトに誘ったのは、湊と沙貴だけなんだよ。他の人はバイトのことを知らないのに、どうして、私がバイト中に飛鳥を殺したみたいに書いてあるのさ。湊が書いたに決まってる! 匿名でも分かるんだからね!」

確かに、その書き込みをしたのは自分だが、正直に言うつもりはなかった。

「いや、みんな知っている話でしょ」

冷静に切り返す。

「飛鳥が死んだすぐ後、私が高瀬君と廊下にいたとき、春日が煽ってきたよね。あの時、私は春日に『飛鳥が死んだ時間、神社で雪かきのバイトをしていたんじゃないの?』って、聞いた。だから、あの場にいた子たちは、バイトのことを知っているし、広めているでしょ」

「あー、そんなことあったね」

沙貴が、記憶を辿るように相槌を打った。

春日は拳を握りしめて口を開いた。

「湊は私のこと怒っているから、あんな根拠のない悪口書くんでしょ」

「だから、書いていない。被害妄想で犯人扱いするのもいい加減にしなよ」

ため息をついた。

「大体、そういう変な思い込みで、飛鳥のこと『美保殺しの犯人だ！』なんて言い触らしたんじゃん。もう止めなって」

「私は、ただ、美保のためを思って」

「そんなの、私に言っても無駄だよ」

「だって、降霊術で、美保が、犯人は飛鳥だって……」

「え、まだそれ、言うの？」

思わず、苦笑いする。

春日は唇を噛んだまま震えていた。

「学年チャットの書き込みを根拠のない悪口って言うけど、インチキ降霊術の結果をもとに、飛鳥を殺人犯だと責めるよりは、本当のこと書いてあると思うよ。実際、春日は飛鳥に死んでほしいと思っていたでしょ」

「ええっ、降霊術はインチキじゃないよ」

「沙貴は黙っていてくれないかな」

わざとらしく茶々を入れた沙貴を一瞥《いちべつ》して黙らせる。

「春日は、炎上を止めたいんだろうけど、私が書き込みしているわけじゃない。止められないよ。ご愁傷さま」

春日は涙目になっていた。

「『春日が飛鳥を殺した』なんて書くのは、湊だけでしょ」

「そんなことないよ」

「沙貴はどう思う？　湊が書いたと思うよね」

春日に問われて、沙貴が肩を竦めた。

「湊が書いたっていう証拠はないよね」

春日が沙貴を睨みつけた。

「沙貴はどっちの味方なの？」

「ええ……」

「その、どっちの味方ってやつ、子供っぽいから、やめたら？　みんな春日が、『美保のために』って言いながら、飛鳥に死んでほしいと思ってたことを知っているから、そんなことは誰が書いていたっておかしくない」

せせら笑う。

春日は怒りに震えていた。

「じゃあ、みんな、私が飛鳥を殺したと思ってるって言うの‼」

うん、と頷いた。

「動機もある。忘れたの？　実際、バレなきゃ自分で飛鳥を殺す、って言っていたじゃん」

呪殺を手伝えと言ってきた際の会話を思い出させる。私が、「春日が手を下した方が確実だ」と指摘したとき、春日は、「バレるからやらない」と答えた。それは、バレないなら自分で殺すのに、と同義だろう。

「あれはそういう意味じゃない」

「違うの？」

「違う！」

春日は髪を振り乱し、金切り声を上げた。

沙貴はそれを困ったような、面白がるような顔をして見ている。

その様子を、教室の扉横にもたれかかって眺めていた。

「ねえ、そんなに飛鳥を殺してないことを証明したいなら」

春日の方へ一歩踏み出して、私は提案した。

「みんなの前で、あの日、あの時間、春日が何をしていたか、ちゃんと言えばいいんじゃない？」

「どういうこと？」

春日が不審そうに問いかけた。

「春日は得体の知れない噂を、皆が信じていることが嫌なんでしょ。だから、皆を集めて、目の前で、本人がはっきり否定すれば、噂もなくなるよ。確かに私は春日を疑っているけど、ちゃんと説明してもらえれば、納得すると思うし」

ああ、と沙貴が相槌を打った。

「疑惑を否定するために、会見を開く感じ？　よくニュースとかでやっているやつ」

「そうそう、それ」

私の提案に、沙貴は乗り気だ。

「確かに、湊の言う通りかも。ねえ春日、今のままよりは、弁明した方がスッキリするって思わない？」

春日の方を見て、同意を求めている。

「そうかも……」

春日も納得しかかっている。

「でも、どこに皆を集めるの？」

「放課後、この教室でいいんじゃないかなあ」

沙貴の言葉に頷いた。

「合唱祭の準備だと言えば、先生も来ないはずだ。私は、春日の口から、春日の弁解が聞きたい」

　頭の中には、赤城さんの「追い詰めれば、後ろめたい人間は、弁解という名の自白を始める」という言葉が渦巻いていた。

　春日が、沙貴と私を交互に見て、こくり、と頷いた。

　沙貴が手を叩いた。

「じゃあ、決まりだね！」

　声が弾んでいる。

「みんなの前で潔白を証明しよう！」

◇

　その日の放課後、すでに四階の教室には多くの生徒が集まっていた。ざっと見て、七十人ほど。クラス定員の倍で、皆立ったまま、これから何が起こるのか待ち構えていた。塾や部活動、本当の合唱祭の準備など、どうしても抜けられない用事がある子は、参加する生徒に「後で何が起こったか教えてね」と託していた。

　皆、「飛鳥を殺した」春日が、どんな醜態を晒すのか、ワクワクしている。窓の外では小型の除雪車が冷たい空気に唸りを上げているが、教室は人いきれで暑いくらいだった。

この集まりを実況するために『春日の弁明会見』というPINEのチャットルームが立ち上げられた。スマートフォンの録画機能をチェックしている子もいて、本当の記者会見のようだった。

沙貴に促され、春日が教壇に立った。

「集まってくれて、ありがとう」

芝居がかって、生徒会の役員選挙の演説のような雰囲気だ。

じっと、皆の目が壇上の春日に注がれている。私はそれを、白く曇った窓のそばに立って見ていた。

「私が飛鳥を殺した、という噂が立っているけど、そんなのは根も葉もない話。私は無実だということを、分かってほしい」

春日の第一声に、疑うようなざわめきが沸き起こる。それを手で制して、春日は話を続けた。

「私は、飛鳥が死んだとき、つまり二日の夕方六時半には、沙貴の家にいて、一緒に期末試験の勉強をしていたんだ。それは、ここにいる沙貴が証人になってくれる」

春日に話を振られて、横にいた沙貴が手を挙げて口を開いた。

「春日はあの日の夕方、うちに来ていたよ。しばらく勉強をして、二人で時計を見たら六時半過ぎになってた。『何時だろう』と私が聞いて、春日と一緒に時計を見て『六時三十八分だ』という会話をしたのも覚えている」

春日が話を引き取った。

「沙貴の家と神社は歩いて三十分くらいの距離だ。瞬間移動でもしない限り、私はあの時間帯、飛鳥が死んだ現場にいられるわけがない。皆には、私が飛鳥を殺していない、というのが分かってもらえたと思う」

教室内に「なんだ、つまらないの」というような、白けた雰囲気が漂う。誰かがチャットルームにコメントを投稿した。方々でポンと音がし、皆が自分の端末の画面を見ている。

『でも、春日は飛鳥が死んだとき、喜んでいたよね。〝飛鳥が死んだことで、美保も浮かばれる〟なんて騒いでいた』『飛鳥のこと、死ねばいいと思っていたのは事実でしょ』

沙貴がそれを春日に見せる。春日は頷いた。

「それは、美保を殺した犯人が、飛鳥だと思っていたから」

またそれぞれのスマートフォンからポンと音がする。直接、顔を合わせて話をしているのに、質問は匿名でしたいのだろう。興味津々のくせに、〝みんな〟という隠《かく》れ蓑《みの》を纏《まと》いたい、春日と一対一の構図になりたくない、集まった生徒たちのその心理が手に取るように分かった。

『今は違うと思っているんだ？』

「私が間違っていた。飛鳥は濡れ衣だった。本当に、申し訳ないことをしたと思っている」

初めて、春日が謝罪めいたことを口にしたことで、聴衆がわずかにどよめいた。

「だけど、私が思い違いをする理由があったということも、思い出してほしい。飛鳥が美保を殺したと、信じ込んでしまう理由が十分にあったことを思い出してほしい」

春日は教壇から身を乗り出した。

「葬儀で、美保のお母さんは『美保は殺されたんだ』と叫んだ。それは皆も聞いていたはず。あのとき、美保を殺すような理由があったのは、飛鳥だけだった。飛鳥は美保の彼氏を寝取り、美保が死ぬ直前に、彼女の家の前で喧嘩をしている。最後に美保と会っていたのは飛鳥だった。美保の葬式の最中も、死んだ彼女をバカにするようなコメントを投稿していた」

全ての発端となった、美保の葬式の出来事を思い出させる物言い。

「美保は、明るくて陽気で友達想いで、皆から好かれる良い子だった」

私も彼女が大好きだった、と春日は続けた。

「でも一方の飛鳥は、品行方正な生徒ではなかった。人の彼氏を寝取るような邪《よこしま》なところがあるし、大麻を吸い、万引きや売春をしていたという噂もある。カツアゲ目的で、痴漢を誘発していたのも、みんな知っているはず。だから、美保が死んだ後、しばらくは皆が美保は飛鳥に殺されたと思っていた。学年チャットに飛鳥を疑う書き込みしていたのは、私だけじゃなかった」

教室に集まった生徒から、「そういえば、飛鳥には悪い噂がたくさんあった」という呟きが漏れた。チャットルームでも『確かに、飛鳥は不良だった』『私も、飛鳥が美保を殺した犯人だって思っていた』というコメントが連なっている。

壇上の彼女は、ほっとしたような、明るい顔をしている。

「もう、みんなには、私が無実だと分かってもらえたよね。もちろん、美保を思うあまり、暴走したことは反省している。でも、飛鳥がもっと良い子であれば、私も勘違いしなくて済んだ、そこも理解してもらえるはず。私は無実だよ」

何となく、春日の言葉に納得する空気が広がっていた。

春日が、ほっとしたような笑顔で、教壇から降りようとする。

このままでは終わらせられないので、流れを遮るように手を挙げた。

「ちょっと、私からも春日に聞きたいことがあるのだけど、教えてもらえる？」

教室にいる全員の注目が私に向いた。

「本当に春日は、飛鳥が死んだとき、沙貴の家で沙貴と一緒にいたんだよね？」

「そうだって説明した」

「本当に、飛鳥を殺したというのは『根も葉もない噂』なんだね」

「何度も同じことを言わせないでほしい。噂には心の底から迷惑している」

春日がうんざりした目つきでこちらを見ている。

「へえ。飛鳥も死ぬ前に随分と悩んでいた。『根も葉もない噂が広がっている』って。あの子、大麻も、万引きも、売春も、やったことがないって言っていたよ」

「そんなの、やっていることを認めたら捕まるじゃん。誰だって否定する。犯罪者が正直者だけなら、世の中に警察はいらないよ」

そう嘯《うそぶ》く壇上の春日に言い返した。

「殺人は最も重い犯罪だよ。なおさら誰だって否定するよね。『自分が飛鳥を殺しました』なんて、認めるわけがない」

「何が言いたいの」

「飛鳥の悪い噂を煽っていたの、春日だよね」

別に、と春日が目を逸《そ》らした。

「私は、単に、そういう話もあるって、言っていただけ」

「どうかな。さっきも随分、断定的な物言いだったけど」

首を傾げた。

「それに、痴漢を誘ってのカツアゲって悪いことのように言うけど、どう考えても痴漢する方が悪くない？　飛鳥は懲らしめていただけでしょ。うちの学校で痴漢に悩まされていた子は、感謝しているくらいだと思う。中央高生の痴漢被害が減ったのは事実だよね。ダークヒーローみたいなものだと思う。なんで、さっきみたいに、わざわざ悪いように言うわけ？」

ポンと音が鳴る。『ダークヒーローはウケる。飛鳥のガラじゃねえだろ』『でも、一理ある』『確かに、うちの制服だけ、あからさまに避ける怪しいおっさんとかいるもんね』とコメントが並んだ。

首を傾げたまま、春日を見上げる。

「自分を正当化するために、飛鳥を悪者にしないでよ」

「だって、美保の霊が、降霊術で『飛鳥が犯人だ』って」

「言ってないでしょ」

必死に言い返す春日に、冷笑を返す。

「たとえ本当に美保の霊が降りてきていたとしても、Aを指しただけでしょ。春日が勝手に勘違いして騒いだだけで、美保も迷惑しているんじゃないかな」

教室の隅にある、ウィジャ・ボードを指差した。

「美保を言い訳にするの、やめなよ」

画面上には、『フルボッコ』『春日涙目じゃない？』とコメントが表示されている。春日が助けを求めるように、周囲を見渡すが、みんな期待に満ちた目を向けるだけだ。完全に面白がられている。ここまで来たら、あとはどちらかが、ノックアウトするまで降りられない。観客が、私たちをリングから降ろさない。

チャットルームに、『春日VS湊、ファイ！』とのコメントが流れた。

春日がこめかみを押さえた。

「とにかく、本題に戻るけど、私は飛鳥を殺してない。それは事実だから。私のことを疑っているみたいだけど、それこそ死んだ飛鳥がいつ降霊術で『春日に殺された』って言った？」

その言葉にせせら笑った。

「いくらでも捏造《ねつぞう》できる死者の声を、犯人捜しの指針にするなよ。私は春日と違って、降霊術とか信じていないから、死者の声を聞こうなんて思わない」

春日は顔を真っ赤にしている。

手元のスマートフォンの画面にコメントが表示されていく。『湊って辛辣だよね』『でも、霊とか呪いとか、春日みたいに信じてる方が変ではある』

春日は叫んだ。

「じゃあ、なんで私のことを疑うのよ。飛鳥は事故死でしょ」

「ただの事故にしては、飛鳥の死んだ場所がおかしい。どうしても納得がいかない」

『死んだ場所？』『神社の境内でしょ』、ポンポンとコメントが表示される。それに答えるように、声を張り上げた。

「ただの神社の境内じゃない。参道から外れた宝物殿の軒下だ。大量の雪が積もった、人気《ひとけ》のない軒下だよ⁉　危ないから、普通は近寄らない。でも、危険を忘れるくらい、頭に血が上っていれば、話は別だ」

『めちゃくちゃ雪降った日だったか』『俺なら絶対に近づかん』

「飛鳥、ずっと春日に怒っていたよ。春日に美保殺しの濡れ衣を着せられて、悪口を言われていたんだもん。あの子、ヤンキーっぽいというか、喧嘩っ早いところがあるから、最後に会ったときは、『春日がいたら、問い詰めて、一発殴る』って息巻いていた」

『ヤンキーｗｗそこもフォローしてやれよ』『絶対、言う。あいつなら絶対言うし、殴りに行く』

「春日は冬の間、神社で雪かきのアルバイトをしていたよね。だったら、あの時、あの場所にいたんじゃないの？　飛鳥が軒下に近付く理由はそれしかない」

春日がキッと顔を上げた。

「言いがかりもいい加減にして！　新聞読んだ？　ニュース見た？　日本語読める？

神社の境内には参拝客も職員もいなかったって、宮司さんが言っていたでしょ。あと、現場の足跡も飛鳥のだけだったって！」

『お、反撃』『でも、実際その通り』『飛鳥が軒下で死んだ、ってだけじゃ春日が犯人にはならんよな』

「うん。でも、宮司さんに聞いたら、あの日、春日はバイトに行くって連絡していたんだってね」

「でもそれは、用事で行けなくなった！　宮司さんにも、それは伝えてる」

「どうかな。本当は、神社に行ってたんじゃないの？　春日のバイトって、勝手に始めて良くて、終わったら最後に報告するだけなんだってね。あの日は雪が降っていて、視界が悪かったし、宮司さんは社務所にいたから、春日が来ていたことに気付かなくても不思議じゃない。だって、宝物殿の屋根から雪が落ちるまで、飛鳥がいたのも知らなかったくらいだ」

だからね、想像してみてほしい、と話した。

「精神的に参っていた飛鳥が、神社でお祓いを頼むため参道を急ぐ途中に、宝物殿の軒下の内側で、氷柱を割っている春日を見つけた。狙っていた相手が一人でいるのを見過ごすわけがない。飛鳥は雪を蹴散《けち》らし近づいて、春日の胸倉を摑んで殴りかかった。春日は抵抗してスコップを振り上げた。それが屋根に当たり、氷柱とともに大量の雪が落ちてきて、目の前の飛鳥を潰した。あの薄い屋根ならスコップで突くだけで、積雪は簡単に決壊する」

「そんなの勝手な妄想だよ！　でたらめだ！　証拠がない！」

春日が叫ぶ。それに対して「完全な憶測というわけでもない」と、首を振った。

「気になっていたんだけど、春日がずっと首から下げていたお守り人形、どこにやったの？　大事なものだったんでしょ？」

「……失くした」

「飛鳥に掴み取られたんじゃなくて？　飛鳥が死んだとき、お守り人形を握りしめていたらしいけど、あれって春日のじゃないの？」

「違う！」

「どうだか。春日が首から下げていたのと同じ人形が、飛鳥の仏壇に飾られていたよ」

それまで黙っていた沙貴が口を出した。

「でも、現場の足跡は、飛鳥のしかなかったんでしょ」

「雪の上の足跡ね。軒下の内側に雪は積もらないから、そこで氷柱割をしている春日の足跡は、もともと残らない。雪が落ちてきて、飛鳥が埋もれた後は、それを飛び越えて、飛鳥の足跡を逆に辿り、除雪してある参道まで戻ればいい。多少不自然な点があっても、みんなが事故だと思い込んでいるから、足跡は注目されない。飛び越えられなくても、大量の雪が落ちてきた直後だもの、紛らわせるのは造作もないでしょ」

『それって、死体を踏み越えて逃げたってこと？』『うわー』

春日が怒鳴った。

「ちょっと待って。そもそも私はその時、沙貴の家にいたんだよ？　それを無視して、話を作るのは止めてくれる⁉」

『そうだ、春日にはアリバイがある』『アリバイって何？』『犯罪が行われた時、その現場以外の所に居たという証明のこと』『沙貴の証言があるもんな。飛鳥が死んだとき、春日は沙貴の家にいたっていう』

表示されるコメントの数々に頷いた。

「そう、そこが問題なんだ。だから沙貴に聞きたいんだけど、本当に、春日はあの日、六時半に沙貴の家にいた？」

「私が春日と口裏合わせて、嘘をついているって言いたいわけ？」

沙貴が呆《あき》れたように笑った。代り映えしない、つまらない推理をしないでよ、と言いたげだ。

「違うよ。でもあの日、春日が来た時は、夕方だったのに寝起きだったと言っていたよね」

「そのころはまだ、ニート生活で昼夜逆転していて、時間の感覚がおかしかったから。それがどうかした？」

「そうだね、寝起きの沙貴は時間の感覚がおかしかった。さらに言うと、沙貴の部屋の時計は、ファンシーすぎて、長針と短針が見分けつかないデザインだよね。私が部屋に遊びに行くたびに、沙貴はよく時間を間違えていた。ねえ、実際の時間は七時半くらいだったんじゃないの？」

　春日がすぐに否定する。

「そんなバカな。二人で『六時半くらい』って確認したんだよ？」

　言い返した。

「正確には『六時三十八分』だ。沙貴に聞くけど、そのときスマートフォンとか、別の時計でさらに時間を確認した？」

「そんなこと、わざわざするわけないでしょ」

　沙貴が困ったように言った。

「そのとき、時間を口に出したのは、春日だったね。『何時だろう』って、沙貴が聞いて、春日が『六時三十八分だ』って、答えたんだから」

「そうだけど」

　口元を隠し、眉をひそめながら、沙貴が答える。

「ところで数日前に、昼休みのチャイムの時間が狂ったの、覚えている？　あの時、時計は正しかったのに、時計を見ていた人も、『昼休みだ』って立ち上がって、購買に走ったよね」

『そんなことあったな』『もう条件反射だよね。時計を見ても見てない（笑）』『腹減ってるし。チャイムが鳴れば、昼休みだと思うじゃん』

「人間って、意外に不注意だ。ねえ、沙貴は春日といたとき、本当に『六時三十八分』だったって、今でも自信をもって言える？」

「それは私も時計を見たから……。確かに時計の針が6と7の間と、7と8の間にあったし」

「本当は、七時三十三分じゃなかった？　長針がどっちで、短針がどっちを指していた？」

「そんなの、春日が『六時三十八分』って言ったんだから、短針が6と7の間で、長針が7と8の間に決まっているじゃない」

「『春日が言ったから』、六時三十八分だと思ったんだね。そして、沙貴は自分で別の時計で、時間の確認はしていないと」

教室は静まり返っていた。

「ああ……、ええと、うーん」

沙貴は困惑している。

「沙貴！」

春日が悲鳴を上げた。

「ごめん、春日。でも、自信なくなってきた……」

どっと、教室中がどよめいた。沙貴は申し訳なさそうに顔を伏せたが、口元が笑っている。このタイミングで、春日を見捨てることにしたらしい。春日の方に向き直った。

「ということで、春日のアリバイは崩れたけど？」

「ぜんぶ、ぜんぶ、出鱈目《でたらめ》だよ！　ただの想像じゃない！」

春日は金切り声で叫んだ。

「でも、みんな信じてる」

ほら、と端末の画面を示す。ポンポンとひっきりなしにコメントが表示されていく。

『これは春日が怪しい』『騙《だま》されるところだった』『春日が飛鳥を殺したんだ』

「もう止めてよ！　みんな、なんでそんなこと言うの」

春日が聴衆に向かって怒鳴るが、彼らは壇上には目を合わせず、下を向いてスマートフォンの画面を見ている。

「殺してなんかない」

春日が後ずさった。

『じゃあ、どこにいたんだ』『沙貴の家にいなかったんだろ』『嘘をつく理由なんて、後ろめたいことを隠す以外にないはずだ』

「確かに、神社で雪かきしてた。してました！　でも、飛鳥が死んだのは事故だよ！　偶然だよ！　警察もそう言ってたでしょ。殺すなんてとんでもない」

「そうだね、私も偶然だと思う。でも」

首を傾げた。

「でも、春日がいなきゃ、飛鳥は生きていたんじゃないの？　春日が、あの場にいたから、飛鳥は死んだんでしょ。だったら、春日が殺したようなものじゃないか」

ヒュッと春日の喉が鳴った。

「そんなこと」

「ないって言い切れる？　それ、飛鳥の前でも同じこと、言える？」

ゆっくり、人差し指を上げる。

「じゃあ」

そのまま、ウィジャ・ボートを指し示した。

「今から、飛鳥に聞いてみようか」

「いやあああああああああああああああああ」

気の狂ったような絶叫が響いた。そのまま、春日は窓際のこちらに向かって突進してくる。思わず目を瞑《つぶ》った。

だが、衝撃はなく、すぐ横でガチャガチャと音が鳴る。

薄目を開けると、春日が窓枠に足をかけていた。

そのまま、止める間もなく、虚空へ身を躍らせていく。

落ちる。

背中が、遠くなる。

ドサッという音がした。

雪の、白一色の世界に、赤が浮かぶ。

じわじわと広がっていく。

「落ちたぞ！」

「先生呼んで」

「それより救急車でしょ‼」

「ていうか、もうダメじゃね？」

背後が騒がしい。

私は、春日がグシャッとなっているのを、ただぼんやりと見下ろしていた。

◇

12月2日午後6時半ごろ、北海道根釧市東1条の道立根釧中央高校で、職員から「女子生徒が4階から落ちた」と110番通報があった。駆けつけた根釧署員らは、同校2年の乃木春日さん（17）が、敷地内のアスファルトの上で、うつむけに倒れているのを発見した。病院に搬送されたが、頭などを強く打っており、まもなく死亡が確認された。同署は自殺の可能性があるとみて調べている。

「除雪車が通ったばかりじゃなければ、雪が積もっていて助かったかもしれないのに」とは現場にいた救急隊員の言葉だ。運が悪かった。

春日が飛び降り、教師が駆けつけるまでの間に、面倒を嫌って教室からいなくなった生徒は少なくなかった。私は騒ぎの中心人物だったので、逃げようがなく、春日が死んだときの状況について、執拗に聞き取りをされた。

中学時代のグループのメンバーは、最初に美保が死に、次に飛鳥がいなくなり、そして春日が消えた。

春日が死んだ翌日には、あれだけ激しく降っていた雪が止み、嘘のような晴天が広がっていた。真っ青な空に寒風が雪を舞い上げていく。これからますます寒くなっていくはずだ。晴れの日が続くと、寒気を遮る水分がないぶん、冷え込むのだ。

家には週に何度か朝方、着替えを取りに行く程度にしか帰っていない。洗濯はまとめてコインランドリーで済ませ、売春後の客が帰ったホテルか、ネットカフェで寝るかで、夜をやり過ごしていた。

「痛っ」

登校中、後ろから石入りの雪玉をぶつけられた。振り向くが、いくつかの生徒グループがいて、誰がやったのか分からない。みんな、それぞれ知らんふりしている。走って逃げようにも、どこまでも雪道だ。体力を使うし、足を滑らせて転倒する羽目になるので、なるべく早足で学校に急ぐ。他の生徒と距離を取りたかった。

春日が死んでから、嫌がらせをされるようになってしまった。

『湊が追い詰めたから、春日は自殺したんだ』『証拠もないのに、決めつけて』『殺人犯扱いされて可哀想だった』

目の前で、飛び降り自殺があったインパクトは相当なもので、一気に死んだ春日への同情が集まり、『湊はやり過ぎた』、『湊が悪い』という意見が主流になった。みんな罪悪感を解消するために、私を悪者にして罪を転嫁しているのだと思う。

学校では、また誰も話しかけなくなり、目も合わせなくなった。それどころか、教室の扉や照明のスイッチなどを私が触ったなら、次にそこを触る生徒は、念入りにウエッティッシュなどで拭いてから使うようになっている。自分で拭けと強要されないだけマシだが、穢《けが》れとか、病原菌とか、そういうもののように扱われている。つまり、いじめられている。

バカバカしい。

学校の玄関をくぐると、一瞬、周囲の会話が止む。ちらちらとこちらを見て、こそこそと囁き声が聞こえる。春日の自殺の顚末《てんまつ》は、同学年だけでなく、全校に知れ渡っているらしい。私が近づくと、後輩も先輩も、サッと道を開ける。

モーゼかよ、と思って、フッと笑みがこぼれた。周りは気味悪そうにこちらを見ているが、それでも大丈夫。笑えるなら、まだ余裕がある。

下駄箱のなかから、上履きを取り出して履いたとき、足裏に尖《とが》ったものが当たる違和感があった。氷が入ったのだろうと、思いっきり踏み抜くと、目が覚めるほどの痛みが走った。確認すると、画鋲《がびょう》が入れられている。血が靴下に滲《にじ》んでいた。

ため息が出る。避けられたはずのイタズラに引っ掛かってしまった自分に腹が立つ。

四階の教室に入ったとき、さらに大きなため息がこぼれた。

自席が無い。

ニヤニヤしている男子たちの目線を辿ると、中庭の真ん中に机と椅子が転がされていた。

心底面倒だと思ったが、仕方がないので、中庭まで降りて机と椅子を回収する。机にはご丁寧に「人殺し」との張り紙があった。破り捨てる。

こんな幼稚なやり方で、私が傷つくと思っているのなら、見当違いもいいところだ。味方がいないのには慣れている。

教室に戻り、ノートに日時と、何をされたかをメモした。もしこの先、エスカレートするなら、刑事事件になるかもしれない。いつから始まって、何をされてきたかの記録は必要だ。担任には、最初のころに一応、いじめについて相談したが、大して取り合ってもらえないまま、終わってしまった。それはそれでよかった。相談していたのに、学校は対応しなかったという実績ができた。もちろん、会話は録音した。警察などの第三者機関に駆け込んだ時、『学校は把握していませんでした』と言われることが一番腹の立つことだ。

もし私に何かあったら、関わった全員を無事では済まさない。道連れにしてやる。

だが、学校での幼稚ないじめよりも、頭を悩ましていることがあった。

ポン、とスマートフォンから音が鳴る。またか、と思って天を仰いだ。

『死ね』

死んだ春日からのPINEメッセージだった。断続的に『死ね』と届く。

一度、『春日の親御さんですか』と返信したことがある。事の成り行きを知っていれば、恨まれているだろう自覚はあるので、両親のどちらかだろうと見当をつけた。

たった一言、『違う』と返ってきた。

そのシンプルな返答が逆に怖かった。本当に違うのだろうと感じるには、十分な率直さだった。

勘弁してほしい。死者がメッセージを送ってくるなんて、有り得ない。

それともなんだ、恨みを持って死んだ魂は、現世に干渉できるのか?

それなら、お母さんが私にメッセージを送ってこないのは、私を恨んでいないからなのか。父には、あの女には、祖母には、もしかしたら、呪いのメッセージを送り続けているのだろうか。死んだ人間がメッセージを送ってくるなんて有り得ないと思いつつ、もしかしたら、と考えてしまう。

『死ね』

春日は、私を恨んでいるのだろう。

『死ね』

自殺するほど追い詰めるとは思わなかった。あれくらいで、自ら死を選ぶなんて、想像もしなかった。殺したかったわけじゃない。

『死ね』

でも、私がいなかったら、春日は生きていただろう。だったら、私が殺したようなものなのかもしれない。

頭が痛い。何も考えたくなくて、目を瞑る。

ぼんやりしたまま時間が過ぎ、授業を受ける。昼休み、いつものように購買から帰ってきて、血の気が引いた。

机の上に、引き裂かれた教科書が散らばっている。

英語も国語も社会も数学も、ロッカーに仕舞っておいた分も含めて、全教科の教材が、無残なことになっている。

教材は高いのだ。また買うとなると、数万円単位で金がかかる。

「ゴミを片付けなよ」

クスクスという笑いが背後で起こり、怒りで拳が震える。

「誰がやったの？」

振り向いて、その場にいた女子数人に問い質す。

「さあ」

「知らなーい」

きゃらきゃら笑って逃げられた。その場にいた他の生徒を睨み回すが、誰も目を合わせようとしない。

『調子に乗ってるからだよ、ブス』『早く死ねばいいのに』『学校に来るな、人殺し』

そのくせ、チャットルームはポンポン更新される。

この場にいる全員を殴って回りたいが、そんなことをしても状況は悪化するだけだ。それに飛鳥と違って、人に言うことを聞かせられるだけの圧倒的な腕力はない。

息を吸って、吐いた。

惨状を記録に残すべく、撮影する。器物損壊の方が、被害を訴えやすい。紛失扱いにされかねない隠匿よりマシだと自分に言い聞かせた。

破れた教科書をかき集め、職員室に向かった。

◇

「警察を呼んでください」

そう言うと、担任教師は困った顔をした。三十代の男性、デスクの上の愛妻弁当が場違いにラブリーだ。昼下がりの職員室。生徒たちがいる教室よりも暖房は強めで、暖かい。あちこちの壁際や棚上に教材やらプリントやらが積み上がり、雑然とした雰囲気。デスクは学年ごとに三つの島に分かれており、教師たちはそれぞれ、自分の仕事をする素振りをしながら、聞き耳を立てている。

「いきなり大事にするのも……」

「犯人に弁償してもらわなきゃ困ります」

「うちの学校から、犯罪者を出すわけにいかないから」

「すでに出ていると思います」

「こういうことは、すぐには犯人が分からないものだし」

噛み合わない、煮え切らない返事。想定内だが、腹は立つ。

「では、せめて教科書を何とかしてもらえませんか。すぐ使うものなので」

「とりあえず、今日使う分は各教科の先生にコピーを頼むから」

やれやれ、と言いたそうな顔をしている。

担任はクラスで飛び降り自殺があったすぐ後で、またトラブルがあったのを、他の教師に言わなければならないのが気鬱《きうつ》なのだろう。迷惑そうな素振りを隠さない。

「それより、職員室には予備の教科書があると思うので、それをもらえませんか」

「いや……、俺の一存では決められないから……。親御さんに買ってもらえ、な？」

思わず、ため息をついた。

「うち、継母との折り合いが悪いので、買ってもらえないと思います」

「それは家庭の事情だから……学校は関係ないし……」

頭が痛くなり、こめかみに手を当てた。思わず、強い口調で言い返してしまった。

「以前、先生にはいじめの相談をしましたよね。そのとき何か対応をしてくださいましたか。今回の件はその延長線上にあります。校内で起きた事件で、十分予見できたはずなのに、防げなかった。それなのに、学校は、先生は関係ないと仰《おっしゃ》いますか。それは無理ですよ」

担任は泣きそうな顔になって、うろうろと目をさまよわせている。

「何も今すぐ犯人を捕まえろ、とは言いません。でも、破られた教科書の代わりは用意してもらえませんか。学生の本分である、勉強に支障が出ますから」

保身の塊の、この男はなかなか面倒だ。警察沙汰にして責任を取りたくない、でも予備の教科書を与える理由は書類に残したくない、そんなところだろう。

別に、自分で警察に被害届を出す、という方法はあるのだ。ただ、それをすると、教師陣からの心象は悪くなり、問題児扱いされるだろう。私はこの高校の生徒として、大学進学の可否に影響する内申書を握られている立場にある。所属する組織の意向に反したスタンドプレーは、なるべくしたくない。

進退窮まったときは、全てを道連れにしてやろうとは思っているが、それはそれ、これはこれ。まだその時じゃない。

「ああ！」

良いことを思いついた。ビクっと担任の肩が震える。

「乃木さんの家には、きっともう使わない教材が残っていますよね。形見分けに貰ってこようかと思います。理由を言えば、ご家族は同情して下さるでしょうから」

担任は卒倒しそうな顔をしている。春日の両親は、愛娘が衆人環視のなかで自殺した今回の事件について、強く抗議している。市会議員の誰々が動いている、なんて話も聞く。

そこに事件の主犯と目されている生徒が、『形見分けに教科書をくれ。学校に言われた』と訪れるのだ。間違いなくトラブルになる。

実際にそんなことをするつもりはないが、担任への脅しとして口にした。

効果は抜群だった。

「……とりあえず、今回は先生が代わりに買ってあげるから、それで我慢してほしい」

悲しそうな顔で申し出された。奥さんへのクリスマスプレゼントを諦めたのだろうか。数万円の自腹を切っても、問題の先送りを選ぶとは、なかなか徹底した小物ぶりである。

職員室の端にいた日吉が、ほかの教師に耳打ちされて、慌てた様子でこちらに近付いてくる。

話に割って入ってきた。

「ちょっと待って。それは良くない」

「私の責任で、伊勢さんには予備の教科書を使ってもらいます。いいですね？」

担任は黙って俯いている。

日吉は周りを見回した。聞き耳を立てていた他の教師たちがいっせいに興味のない振りをした。日吉は微笑んだ。

「でも」

「書類を書いてあげるから、こっちにおいで」

促されて、職員室を抜け、階段を上り、日吉の担当教科である社会科準備室に招かれる。

「そこで待っていて」

物珍しさに周囲を見回す。社会科準備室は、大量の本がある埃《ほこり》っぽい小部屋だ。奥には古びたデスクがあり、壁際には背表紙が退色した書籍を収納した本棚が並んでいた。ドアの左側には小型の洗面台があり、電気ケトルが置いてある。

「大丈夫？」

「ええ、あ、はい」

何に対しての『大丈夫』なのか分からず、反応が遅れた。

痛ましいものを見るような目つきで、顔を覗き込まれる。

「ここ数か月、いろいろあったから、伊勢さんも苦しいと思う」

「先生」

　思わず口をついて出た。

「なに？」

「そういう顔をしないでください」

「どういう顔？」

「なんか、可哀想な子供を見る顔です」

　日吉はハッとしたようだ。

「無視されたり、嫌われたりするより、ずっと惨めになるから、止めてもらえますか。先生が善い人だというのは、分かっています。口うるさいけど、いつも生徒の味方でいようとしてくれるのも、知っています」

　黙って、私の言葉に耳を傾けている。

「でも先生みたいに悪意がない人に、憐れまれるのは、正直きつい。分かるかな……」

　うまく言えないけど、と言葉を続けた
「憐みって、上から下への目線でしょう。私のことを嫌いな人が、私を蔑むのは当然で、そんなことには今更、傷つかない。でも、私のことを嫌いじゃない人が、悪意のバイアスのかかっていない人が、私のことを自然体で見下してくるのは、私の本当の価値も下げられたような気がする」

日吉は首を振っている。

「ごめんね、先生が傲慢だった」

「私も、生意気を言ってごめんなさい。困っているところを、助けてくれてありがとうございます。担任は何もしてくれないのに」

「あの先生は、ちょっと慎重なだけだと思うから、あまり悪く言わないであげて」

曖昧に微笑んだ。

「ほうじ茶飲める？　淹れようか」

答える前に、日吉は電気ケトルのスイッチを入れている。

手持無沙汰になって、本棚を眺めた。日吉の興味は民俗学や郷土史、土着宗教に向いているのだろう。読みやすそうな「呪いと祈りの文化史」と書いてある本を手に取る。

「その本が気になる？」

「最近とくに、呪いって、何だろうって、思うんです。呪いが人を殺すことってありますか。私には信じられません」

もし呪いがあるのなら、父も継母も祖母も、とっくに母に呪い殺されているはずだ。

「人が人を殺すために呪うことを呪詛という。そういう言葉があるのは、それができると信じられていたからだね」

「でも、現代ではそんなの、迷信ですよね」

日吉は首を振った。

「呪詛、という言い方とは違うんだけど、テキストメッセージ殺人というのはあるよ。有名なのはアメリカのボストンで起きた事件。交際相手から二か月で約五万件の暴言を、ＳＮＳメッセージで浴びせられた男子学生が、飛び降り自殺をした。言葉によって殺されたと認められて、その交際相手の女子学生は過失致死で有罪判決を受けた」

日吉はこちらに目を合わせた。

「これはある意味で、呪詛だ」

「その、男子学生を死に追いやったメッセージって、どんなものだったんですか」

「ほとんどが侮辱と、『死ね』と自殺をそそのかす内容だったらしい」

「……」

「どうしてそんなことを聞くの？」

答えに困って、曖昧に微笑んだ。何をどこまで話していいのか分からない。

本をめくり、古今東西の呪いについて述べたページに目を留める。

丑の刻参りの説明があった。そういえば、根釧神社の境内で見かけた藁人形は、誰を呪ったものだったのだろうか。

「強く思うことによって願いを叶えるという意味で、呪いと祈りは一緒なのよね」

お茶を淹れながら、日吉は話し出した。

「京都に行った修学旅行で、清水寺の地主《じしゅ》神社にある『いのり杉』は見たでしょ」

「あの五寸釘の痕があるご神木ですよね。そんな名前でしたか」

「別名『のろい杉』って言うの。ね、表裏一体なのよ」

日吉にマグカップを渡された。黄色い帽子を被った鼻の長い少年のディズニーキャラクターが描かれている。

「星に祈れば、願いはいつか叶うでしょう……。『星《ほし》に願《ねが》いを』の歌詞も、そうなると一気に不穏なものになりますね。呪えばいつか叶うでしょう」

「受験の合格祈願とか毎年やっている身としては、願えば叶うなんて、素晴らしい歌だけれどね。……ピノキオ好きなの？」

「はい」

『星に願いを』はピノキオの主題歌だ。操り人形が生命を与えられ、おもちゃ屋の店主の息子として育てられる話。この人形ピノキオは嘘つきでろくでもない子供なのだが、おもちゃ屋の店主ゼペットは彼に無償の愛を注ぐ。ゼペットの愛情を受け、冒険の果てに、ピノキオは「本当の人間になりたい」という願いを叶えることができる。

「私の家庭事情って、ちょっとだけ複雑なので、ゼペットとピノキオの親子はすごく良いなあ……って思います」

日吉は真面目な顔をしていた。

「伊勢さんは、心安らげる場所ってある？」

「どうしたんですか、突然」

「あなた自身のことが知りたい。いつも無理をしているように見える。先生じゃ、助けにならない？」

踏み込まれたくなくて、曖昧に微笑んだ。

「先生にはいつも助けてもらっています」

◇

「で、お前はまんまと、新品の教科書をせしめたのか」

ベッドの上で赤城さんは爆笑している。

「せしめたって、人聞きの悪い。正当な権利を行使して、手に入れただけです」

呼び出されて、駅近くのシティホテルに連れ込まれた。前回のダメージから回復していないうちに、また首を絞められたので、喉が痛い。

「最近、私を呼び出す間隔が短くなっていませんか」

「よく仕事でこっちに来てるんだよ。そろそろ案件が片付きそうだ」

赤城さんは煙草をふかしている。

「お前、また痩せただろ。クスリでもやってんじゃないのか」

「やっていません」

「どうかな」

何か食いたいものはあるか、と尋ねられた。では遠慮なくと、ルームサービスのメニューを片っ端から頼む。届いたものを口に詰め込んでいると、赤城さんが言った。

「お前の継母はクスリやってるぞ」

「そうでしょうね。やってるというか、やらせたんじゃないですか」

赤城さんは片眉を上げた。

「気付いていたのか」

「前に私の個人情報を、成り行きで手に入れたと仰っていたので。赤城さんの仕事関連で問題を起こすようなのは、うちには私以外あの人しかいませんし」

意地でも目の前のグラタンを口に運ぶスピードは落とさない。生クリームを使ったベシャメルソースの味わいが分からなくなったとしても、動揺は見せたくなかった。

「どうせ、浪費の挙句に借金漬けになって、流れ流れて、赤城さんに取り立てられることになったんでしょう。女ならシャブ漬けにすれば、高く売れるって言っていたから、あんな中年女でもきっと使い道はある……」

「お前、家に帰ってきてないのに、よく分かってるじゃないか」

「なんで、私が家に帰っていないって知ってるんですか」

問いかけを無視して、赤城さんは続けた。

「まあ、でもそろそろ家に帰れよ。お前が思う以上に、自宅が大変なことになっているかもしれないぞ」

「だから帰りたくないんですって」

ローストビーフをフォークに突き刺し、丸めて口に入れながら、顔を顰めた。

「先送りできる問題は、先送りしたい。解決できない問題は、解決の糸口が見えるまで放置しておきたい。全部、見ないふりをして、なかったことにしたい」

「無理だろ」

赤城さんは笑った。

「お前は帰ってくるんだよ。悪いようにしないから」

明日はやることがあるから早く帰ってこい、と念を押された。

◇

翌日、登校した途端に、職員室へ呼び出された。

「どういうことか、教えてくれ」

目の前の担任が示したパソコン画面には、赤城さんとホテルに入っていく私の姿が写っている。誰が撮影したのだろうか。

「今朝、学校のメールアドレス宛に、この写真とともに『そちらの高校の生徒が、売春をしている』との情報提供があった。これ、お前だろう」

「そうですね、確かに私です」

ここまではっきり顔が写っていると、別人だと言い逃れはできない。

「この他に写真はないんですか」

「この一枚だけだ」

不幸中の幸いか。この一枚だけなら、決定的な証拠ではない。

「なんで売春なんて」

「ちょっと待ってください。売春なんて、私はしていません」

決定的な証拠を摑まれたのではないなら、否定するだけ否定すれば、この場は何とかなるはずだ。自分が突発的な事態で頭が回る方ではないのは、よく分かっている。

瞬間的に冴《さ》えた嘘を導き出せないのなら、その場では要点だけ否定して、あとは余計なことを言わず、時間を置いてから、つじつま合わせを組み立てるべきだ。

「じゃあ、この男性は誰だ」

「このホテルに宿泊している人らしいです」

「お前とは、どういう関係だ」

「どういう関係も何も……」

このまま当たり障りなく学生生活を送るためには、どんな嘘をつくべきなのだろう。良い考えは浮かばず、今はなるべく、詳細を突っ込まれないような言い訳を述べる。

「ホテルの場所が分からないと言われたので、道を教えただけです」

全身で、困惑していると表現する。

「じゃあ、なんで一緒にホテルに入ってるんだ」

「口で説明しても、場所が分からないと言われたので」

担任からの質問がひと段落するのを待って、いじめの話に水を向けた。

「先生、私がいじめられているのは、知っていますよね」

「……」

「多分、これも嫌がらせの一環だと思います」

「……」

思った通り、何も対策をしていない担任は、負い目があるのか黙ってしまった。

「先生は、私のことを信じてくれますよね」

「そりゃ、生徒のことは信じているよ。でも……」

「良かった」

これで、この話はお終《しま》いにできると安心した矢先に、担任は言葉を継いだ。

「でも、お前、昨日は家に帰っていないんだろ……」

なんで、そんなことを知っているのだろう。

それは、継母に連絡を入れたということだろうか。

「昨日だけじゃなくて、先週も、先々週も、それどころか随分前から、あまり家に帰っていないって、今朝、家の人が言って……」

「先生」

ただ、目を上げただけなのに、担任はビクっと肩を震わせた。

「私、継母と折り合いが悪いんです。それは家庭の事情で、学校は関係ありませんよね？」

「いや、でも」

「家庭の事情に学校は関係ないって、先生が言ったんですよ」

「……」

担任は黙ってしまった。

深いため息をつく。

「先生は、なんて連絡したんですか」

「いや、ただ『こういう写真が学校宛に届いて、学校も困惑している。心当たりがあれば教えてほしい』と電話で聞いただけだけど……」

「なんて言っていました？」

「……」

答えない。答えられるような内容ではないのだろう。

「一応、言っておきますが、わたし、家には帰っていますよ。継母に気付かれないように。なぜ、気付かれないように帰宅するしかないのか、お話ししましょうか。お話ししたら、先生は解決してくれますか。私を助けてくれますか」

「いや、あの、うん」

答えに窮するくらいなら、首を突っ込まないでほしい。

「とにかく。売春はしていません。確かに、継母と折り合いは悪いです。でも、それは学校とは関係がありません」

「そ、そうだけど」

「まだ、何かありますか」

噛みつくような言い方になってしまった。

「お前、大学進学に公募推薦を考えているって、言っていただろう」

「はい」

公募推薦は、大学が定める出願条件を満たし、校長の推薦があれば出願できる。

「学校の成績が一定の基準を超えていれば、推薦してもらえるはずですよね」

全体教科の評定が5段階で、平均4・5以上なら、上位国立大が狙える。それはクリアしていたはずだ。だから、ずっと大人しくして、気に入らない教師の前でも笑顔で過ごし、授業も真面目に受けていた。

「それが」

「それが？」

「いや、こんな、家庭に難があって、売春が噂になるような生徒には、推薦なんか、出せるわけがないだろう」

頭を殴られたような衝撃だった。そういうふうに見られるのか。ただの噂であっても、証拠がなくても、疑われただけで、そういう不利益を被るのか。

「考えてみろ。公募推薦はその大学に、学校の代表として、品行方正で優秀な生徒を推薦するものだ。お前は違う」

「何が問題なのか、分かりません。私は十分に優秀だと、成績で証明しているはず」

「品行方正の部分に疑義がある」

「事実無根の噂です」

「火のない所に煙は立たぬ、と言うだろう」

「それは校長が仰っているのですか。推薦は校長がするものですよね」

「校長の前に、担任の俺が、判断するものだ」

「つまり、先生は、私のことが信じられないのですね」

担任は首を振った。

「なんか、お前は怖いんだよ。危なすぎる。いずれもっと大きな問題を起こしそうで、怖い。推薦しないのは、予防的措置だ」

「生徒の」

地を這うような声が出た。

「生徒のことが信じられない教師なんて、教師失格じゃあ、ないですかね」

「お前、俺のこと、教師失格だって言うのか！」

担任は机を叩いて、怒鳴り声を上げた。周りの教師が、動きを止めてこちらを見た。

天井を仰いで、深呼吸する。言い過ぎた。この男に対して、殺意すら抱いているが、怒らせたところで何の得もない。私の生殺与奪を握っていることを考えると、むしろ、怒らせるのは損でしかない。頭を切り替える。

「いいえ。先生は、先ほど『生徒のことを信じている』と仰っておりましたから。きっと、私のことも信じてくれるはずです」

「……」

担任は怒鳴り声を上げた姿勢のまま、急に態度を改めた私を、気持ちの悪いもののように見ている。

「とにかく、推薦をいただくためには、噂がでたらめだと、証明することが、必要なのですね」

悪魔の証明じみていても、という言葉は呑み込んだ。

「……まあ、そういうことだ。あと、母親とも仲良くしなさい」

「はい」

担任は、こちらを宥めるような声を出した。

「先生だってなあ、お前のことを信じたいと思っているんだ」

「分かっています」

薄っぺらな言葉には、薄っぺらな言葉を返す。

うんざりだ。

職員室から出ると、廊下に怒った顔の高瀬が待ち構えていた。

うんざりする。お前も私を責めるのか。

大体、何を言われるのかは分かる。「売春婦」とか、「お前の友達だった飛鳥の名前にまで傷がついたらどうする」とか。罵られて喜ぶ趣味はないので、足早に通り過ぎようとしたが、立ち塞がられた。

小さく舌打ちして、自分より二十センチは高い位置にある高瀬の顔を見上げる。

「なに？」

「なに？　じゃねえだろ。あんなでっち上げまでされて、どうするつもりだよ。大丈夫かよ」

「えっ」

キョトンとしてしまう。

「それで呼ばれたんじゃねえの？　ほら」

高瀬に見せられたスマートフォンの画面には、チャットオープンルームに【湊の売春発覚・画像アリ】のタイトルで、先ほど見せられた写真が、掲載されている。掲載したのは匿名のアカウントで、誰がやったかは分からない。

「大丈夫かよ。これ。噂が広まる前に、火消しした方がいいだろ。俺が代わりに言い返してやろうか」

「いや別に」

「なんでだよ！」

「だいたい、高瀬君がなんで怒っているの？　関係ないよね？」

高瀬はぐっと息を呑み込んだ。傷ついた顔をしている。

「ああ、ごめん。言い方が悪かった」

頭を普段使わない方向にフル回転させる。

「もしかして、心配してくれているの」

「だから、そう言っているだろ！」

どうやら驚くべきことに、この飛鳥の元カレは、私ですら信じていない私の正しさを全面的に信じ、今回の暴露もいわれのないいじめの一環だとして、義憤にかられているらしい。嘘みたいだ。

「ありがとう。でも、高瀬君の評判を考えるなら、関わらない方がいいと思う。今の私に話しかけているのを見られたら、君まで仲間外れにされるよ」

さらに傷ついた顔をされた。

「えっ、なんで、そんな顔するの」

「伊勢さんってさあ。本当に、飛鳥の友達なんだな」

深いため息をつかれる。

「考え方が飛鳥そっくり。なんで俺が、心配したいから心配しているって考えてくれないんだ。なんで俺が、他の奴らとの関係より、飛鳥や伊勢さんのことを心配しているって考えてくれないんだよ」

そんなことを言われても、困ってしまう。

「恋人だった飛鳥はともかく、私の心配をして、高瀬君に得はないでしょ。とくに返せるものもないし、恩を着せられても返す予定もないよ」

ますます悲しそうな顔になった。そろそろ始業開始のチャイムが鳴る。

「授業、始まっちゃうから、行くね」

俯いて、立ち尽くしている高瀬に声を掛ける。

「おう」

沈んだ声で返事があった。

「なんか、あったら、力になるから、言えよ」

「ありがと。気持ちだけ受け取っておくね」

◇

赤城さんに言われた通り、早退し、昼前には家に帰った。玄関を開けても誰もいない。

「もしもし」

声を掛けると案の定、二階から「上がってこい」という赤城さんの声がした。

どちらがこの家の住人か分からないな、と思う。入り浸られているようだ。逃げたい気持ちはあったが、逃げられないことは分かっていた。

軋《きし》む階段を上がる。二階は継母が居住スペースにしており、立ち入るのは数年ぶりだ。これから、ろくでもない目にあうのは分かっていたので、ひどく足が重い。

階段から繋がる廊下に出て、洋風に拵《こしら》えられた寝室と書斎の前に立った。寝室から嬌声《きょうせい》と物音がしたので声を掛けると、「早く入ってこい」と答えが返ってきた。

意を決して扉を開ける。

乱れたダブルベッドの上で、全裸の男と女が汗みずくで絡み合っていた。継母の目は上向いており、明らかに正気ではない顔をしている。ぶよぶよした白い腹が、何かの体液に濡れているのを見て、胃の中のものがせり上がってくるのを感じた。

赤城さんが継母から体を離し、よっ、とこちらに手を振った。

「この世のエグいところ、全部煮詰めたような光景ですよ、これ」

「旦那のいない隙に、人妻を寝取って快楽堕《お》ちさせるのって、男のロマンじゃないか？」

「分かりません。ちょっと吐いてきていいですか」

胃液で喉から酸っぱい味がする。

「ちょっと親子丼させろよ。デブとガリガリ、体型にバリエーションがあって、いい感じじゃねえか」

「勘弁してください。本気で吐きそう」

込み上げるものがあり、体を折って、壁に手をついた。

ベッドで吐かれるのは嫌だわ、と赤城さんは顔を顰めた。

「わざわざ誰も連れてこずに一人で来たのにさあ、楽しめないんじゃつまらん」

「誰か呼ぶつもりがあったんですか」

「女どもを処分するっていう話だったから、舎弟を何人か集めようかな、とは思った。でも、お前みたいなガキに手を出してるってのがバレて、ロリコン呼ばわりされても嫌だし」

女ども、という言葉に後ずさった。

「私も処分するつもりですか。悪いようにはしないって言ったのに」

「昨日まではそのつもりだったんだけど、今朝、高校からお前の継母に電話がきて、気が変わった。写真を撮られたのには、俺も腹を立てているんだよ。なんなんだよ。下手するとパクられるじゃねえか。未成年への淫行《いんこう》でパクられるなんて、カッコ悪いだろ」

「私のせいじゃないです」

「うるせえなあ」

一気に距離を詰められ、首根っこを押さえられた。そのままベッドに放り投げられる。意識のない継母とともにバウンドして、その蛆虫《うじむし》みたいな体を触ってしまう。粘液がぬるぬると滑ったのが、泣きたくなるくらい気持ち悪かった。

赤城さんは自分のセカンドバッグから注射器を出している。

「俺、母と娘をいっぺんに相手するの好きなんだよね」

「この女とは血が繋がっていない他人です。赤城さん、実の母娘《おやこ》の方が燃えるタイプでしょ」

「なんで、そんなこと知ってるんだよ」

一か八かだと思い、切り札を叫んだ。

「多分、もっと知っています。赤城さんの娘の名前、飛鳥っていいませんか」

スッと赤城さんの表情が消えた。

「なんで知ってるんだよ」

「友達だったんです。前に、友達が同級生に嵌められて死んだ、っていう話をしませんでしたか。飛鳥は、その死んだ子です」

この子ですよね、とスマートフォンに入っている飛鳥の写真を見せる。

ガンッと音がして、ベッドのサイドテーブルが薙《な》ぎ払われ、壁に当たった。

赤城さんの顔を見るのが怖かった。俯いたまま直視できなかった。

「飛鳥がどこに住んでいたか、分かるか」

「いいえ」

嘘をついた。飛鳥の家族に迷惑を掛けるつもりはなかった。

「でも、高校にある在校生名簿で分かると思います。持ってきますよ。ね、だから酷いことはしないでください。役に立ちますから」

その場をやり過ごしたい一心で、必死に言い募った。

「じゃあ、お前の覚悟を見てやるわ。隣の書斎にババアの死体があるから、解体してこいよ。この女がうっかり、酸素吸入装置を外して、世話をするのも忘れたんだってよ」

赤城さんは、ベッドで呻いている白い贅肉《ぜいにく》を、足先で蹴った。

「でも年金欲しさに、死んだことは隠しておきたかったんだと。そうなると、死体を消すしかないよな」

赤城さんは愉快そうに笑った。

「さすがのお前も、死体損壊まで手を汚すことになるとは思わなかっただろ」

「……そうですね」

全身を諦めが支配していた。

浴室でゴム手袋を着用し、赤城さんが持ってきた電動工具を借りて祖母を解体しながら、行き着くところまで来てしまったのを感じる。祖母の顔を見てしまうと個として認識してしまうので、誰か分からないように頭にはコンビニのポリ袋をかぶせた。枯れ木のような老いた体は、寒い部屋に放置されていたからか、ちょうど氷温乾燥状態で、マグロか何かの解体だと思い込みたかった。

指示通り、手足を切り離して黒のゴミ袋に入れる。

「意外にお前、手際が良いんだな」

赤城さんが感心するのに、力なく笑った。

どうしたらいいんだろうと途方に暮れ、そういう時に春日のアカウントから『死ね』とメッセージが来るものだから、本当に死んでやろうかな、とすら思う。

◇

赤城さんから解放された後、メールで香取さんを呼び出した。

行き着くところまで行っても、まだ詰んだわけではない。そう思っていても、『死ね』とメッセージが送られてくるたびに、気力が萎える。

まとわりつく悪意の払い方が分からない。

海沿いの道、路肩に見慣れた車が止まっているのを見かけ、いそいそと助手席に座った。そろそろ流氷が向こうからやってくる季節だが、エンジンを入れた車内はいつもと変わらず暖かかった。

「香取さん、申し訳ないのだけど、今日はホテル行けない」

「どうしたんだ」

「わたし、学校で売春を疑われているんだ。お客さんとホテルに入るところ、写真に撮られていた」

香取さんが息を呑んだ。

「それは大丈夫なのか」

「うん、入るところだけだったから、誤魔化せた。でも、今日はホテルに行かない方がいい。万が一、見られたら、本当にまずいことになる」

香取さんはため息をついた。

「分かった。仕方ないな」

「ありがと」

「まあ、この車を見張っているような奴は、いないと思うが……」

念には念を入れて、ミナちゃんと会う時はいつも周囲を警戒しているから、と香取さんは言う。

「でも、最近はスマートフォンなんかで、昔より手軽に写真が撮れるもんな。恐ろしいよ」

おじさんはついていけない、とぼやいている。

「香取さんは、ＰＩＮＥはやらないいんだ」

「分からないからね」

「なんかね最近、ＰＩＮＥで、死んだ友達から連絡が来るの」

「そんなこと、あるはずがないだろう」

カラカラと笑い飛ばされる。

「そうだよね」

曖昧に微笑んだ。

香取さんは少し考えた後、「ドライブしようか」と言って、ギアを入れた。

一気に周囲の景色が後ろへ流れていく。

「私といて、大丈夫なの？　心配じゃないの？」

「呼びつけておいて、よく言うよ」

「……ごめんなさい」

「ああ、そうじゃないんだ」

香取さんは犬猫にするように頭を撫でてきた。

「うわ」

「なんか調子狂うなあ。ミナちゃん、もっと魔性って感じだったから。落ち込んでいると、普通の女の子みたいだ」

「落ち込んでいるのかな」

ため息をつかれた。バックミラーを顔に合わせられる。

「よく見なよ、すごく顔色が悪い」

ミラーに映った自分の顔は、真っ青だった。香取さんは話を続けた。

「さっきの話だけど、死んだ人間から連絡が来るって、どんなの？」

「呪いのメッセージだよ。香取さんも知っている通り、うちの高校で、飛び降り自殺があったでしょう。その子から。わたし、きっと恨まれているんだよね」

春日が死に至るまでの経緯を、かいつまんで話した。

「ほぼ毎日『死ね』って来るの。ちょっと精神的に参っているかもしれない」

香取さんは難しい顔をして、聞いていた。

「死人から、メッセージなんて来るはずがないのに」

「そうだな」

「気味が悪いから、無視しようとして、考えないようにして、それで、ちょっと疲れているかもしれない」

車窓の風景はどんどん流れていく。

香取さんはしばらく考えたあと、口を開いた。

「死人から呪いのメッセージなんて、有り得ない。俺はこの仕事して三十年の間に、人死にはたくさん見たが、一度だって死人が生者にメッセージを送ってくることなんて、なかった」

「だよね」

「だから、それ、調べた方が良いぞ」

「え」

「直視したくないのは、分かる。でも、すごく、おかしい。死人がメッセージを送ってくることなんか、ない。もし送られてくるのなら、それは死人のふりをした、悪意の生きている人間からだ」

「香取さん」

縋るような目をしている自覚はある。

「助けてほしい。聞いてくれる？」

◇

香取さんと別れた後、春日の家を訪れた。

しんしんと雪が降るなかを歩く。まだ日没までには時間があるはずなのに、分厚い雲が日光を遮り、明るさを上空に閉じ込めている。

高い鉄柵に囲まれた広い庭、ロードヒーティング完備の車寄せ、フレンチカントリーを意識した美しい白い邸宅。春日の家は、海外のホームドラマに出てくるような佇まいだ。

インターフォンを押す勇気が出ず、固く閉ざされた門扉の外から、玄関まで続く石畳をむなしく眺める。雪の中、長い時間をかけてここまで歩いてきたというのに、その先の一歩がなかなか踏み出せなかった。

本当は、ここに来たくなかった。春日を追い詰めた張本人だと目されているし、実際その通りだ。どの面下げて、彼女の親に挨拶をすればいいのか。

握りこんだ鉄柵の装飾が、低い気温のあまり、手のひらに張り付く。ずるずるとしゃがみこんだ時、後ろから車のヘッドライトに照らされた。まぶしさに目を細めながら、振り返る。

「誰？　何しているの？」

Sクラスのベンツの後部座席から、上品なダウンコートを着込んだ女性が降りてくる。春日の送迎をしているのを見たことがあった。母親だ。

意を決して、頭を下げる。

「春日さんの級友の伊勢です、伊勢湊です」

息を呑み込んだような間があり、固い声が降りてきた。

「何しにきたの？」

「ご霊前に手を合わせたいと思いました。もし聞いていただけるなら、お話ししたいこともあります」

春日の母親は車のほうに目線をやった。運転手が頷き返し、車はそのまま門扉を開けて敷地内に入っていく。母親は深いため息をついた。

「ついてきて。家の中で話しましょう」

お互い一言も発しないまま、建物に向かう。

邸宅は、シックな白を基調とした内装だった。吹き抜けの玄関ホールには優美な曲線の階段があり、母親は誰に言うわけでもなく「この二階が娘の部屋だったの」と呟いた。

黙ったまま、頷いた。

春日の家の匂いは、飛鳥とも沙貴の家とも違う、ましてや私の家とはもっと違う、洗剤やキッチン用品のテレビコマーシャルに出てきそうな、静かで清潔で上質な、家庭の匂いがする。

玄関ホールを抜け、温室に面したグランドピアノが置いてある部屋を通り、リビングに案内された。垣間見えるキッチンには、高齢の女性が立ち働いている。こちらの視線に気づくと、向き直って深々と頭を下げた。こちらも頭を下げる。

春日のおばあちゃんだろうか、と考えていると、表情を読んだのか、春日の母親が「あの子が小さい時から来てもらっている、お手伝いさんなの」と説明してくれた。

「春日はこっち」

春日の骨箱は、たくさんの百合《ゆり》の花に囲まれていた。猫足付きの白い仏壇は、特注だろうか。リビングのインテリアから浮かないようデザインされている。

お鈴《りん》を鳴らし、目を瞑って、手を合わせる。

呪いの大元と対決するような意気込みで来たのに、穏やかな顔で微笑む春日の遺影と向かい合ってみると、驚くほど静かな気持ちだった。

こんなに大事に供養されているのなら、私に『死ね』と、生々しい呪詛を送ってきているのは春日じゃないだろう、という薄っすらとした確信を、すでに得ていた。

お手伝いさんが砂糖とミルクのたくさん入った紅茶を淹れてくれる。白磁のティーカップを両手で支え、リビングで春日の母親と向かい合った。

「伊勢さんの話って、何？　でも、私から先に聞きたいことがある。もちろん、あの子が死んだときの状況のことで。学校はとにかく口が固いのよ」

口火を切った母親の言葉に、頷いた。

「なんでも、ありのままを、お話しします」

今でも、自分が春日を追い詰めたことを恥じてはいない。たとえ時間が巻き戻ったとしても、また同じ状況になれば、私は同じことをするだろう。でもそれとは別に、行為の結果は、引き受けなければならない。私が、あの子にしたことには、責任を持つべきだ。

「ご両親には、私が春日さんを殺したと思われても仕方がないと思っています」

「そういう言い方はしなくていいから」

母親は目の前で横に手を振った。猛禽類《もうきんるい》を思わせる鋭角な横顔は、娘と似ていなかった。

「あの子が自分から、飛び降りたんでしょう。直接、手を下した訳じゃないし、『死ね』と強要したわけでもない。そう聞いているけど」

「それは、そうです」

「だったら、殺人罪にはならない」

母親は自分に言い聞かせるように、ゆっくりと口に出した。

「これでも、あなたを恨まないようにしたいの。確かに、春日の件については、学校や教育委員会に、顧問弁護士を通じて抗議をしているわ。安全管理に問題があったなら、裁判も辞さない。でも、その矛先を、あなたに向けるかどうかは別。だってあなた子供だし、責めても不毛でしょ。だから謝罪もしてほしくない。別にあの子が戻ってくるわけじゃないから」

何も答えるべき言葉が見つからなかったので、黙っていた。

「ただ、あの子が、どうして死んだのか。最初から教えてほしい」

「……長くなりますけど、いいですか」

「もちろん」

優しい味のミルクティーを飲み込み、すべてが始まった美保の葬儀から、春日のことを話し出した。美保が飛鳥に殺されたと疑っていたこと、降霊術にハマっていたこと、そのことで私と不仲になったこと、飛鳥が事故死したこと、それに関わったのではないかと私が疑ったこと、本人の希望で弁明会を開いたこと、そこで私が彼女を追い詰めたことを、話した。

「春日さんは目の前で、窓枠を蹴って、飛び降りました。私はただ、見ているだけでした」

自分が覚えている限り全てを詳細に話し、母親に憎悪がこもった視線で睨まれる。

「よくそんな、淡々と話せるわね」

その通りだと思ったので、黙って頭を深く下げた。

ほぼ私のせいで娘を亡くした母親と、どういう姿勢で向かい合うべきか、正解が分からなかったので、平坦な語り口を心掛けた。悲嘆に泣き叫ぶのは違うだろう。謝罪は受けつけない、と最初に言われている。

私にできるせめてもの誠意は、私がどう思うかを語らず、客観的に何があったかの事実を語るだけだと決めたが、母親の反応からすると、これも間違っていたらしい。

もう、どうすればいいのか分からなかったので、ただただ長いこと、頭を下げていた。

「いい、顔をあげて」

母親は視線をテーブルに落とし、両手で頭を抱えていた。

「私の怒りを正面から受け止めようと思うあなたは、きっとすごく、大人なのでしょうね」

「いいえ」

母親は、私の否定が聞こえないふりをした。

「あなたへの怒りには、八つ当たりもあるって、自分でも分かっている」

深いため息をついた。

「さっき、あえて言わなかったのだろうけど、あの子、成績が落ちたことに悩んでいたんでしょう。それもひどく、情緒が不安定になるくらい悩んでいたって、周りの友達に当たり散らすくらいだったって、学校からは聞いている。そうなんでしょ」

問われて、頷いた。

母親は視線を宙にさまよわせた。

「うちは開業医で、自慢じゃないけど結構立派な病院なの。あの子には絶対に夫の跡を継いでほしかった。だって、こんな田舎で成功した人生を送ろうとするなら、医者くらいしか、選択肢がないでしょう。だから、あの子には『勉強しろ、勉強しろ』ってずっと言っていた。『成績が落ちたら、あんたは死んだも同じだからね』って。あの子、いつも青い顔をして、それを聞いていた」

自分の親について、生前の春日は「テストの成績が悪ければ、捨てられるんじゃないかなって、思うことがある」と乾いた笑いを浮かべていた。

「私自身はあまり勉強が得意な方じゃなかったくせに、あの子にはずっとそうやって押しつけていた。第一志望の学区外の高校を落ちた時は、あの子が泣いて許しを乞うまで責めたてたし」

「あまり想像がつきません。お母様は冷静な方に見えます」

私への対応を鑑みるに、春日の母親は、激しい感情を抱えても、それを表に出すことを良しとはしない人間だ。

彼女は、春日によく似た乾いた笑いを浮かべた。

「実の娘を前にすると、違ってしまうのよ。その時は、家庭教師に、塾に、予備校に、金に糸目をつけず詰め込んだのに、失敗したから、もう本当にがっかりしていた。受験に落ちたあの子が、私の顔色をうかがっておどおどしているのにも腹が立っていて、酷い態度だったと思う。投げやりな気持ちになって、夫に『あの子、もうダメかも』って、話しているところを聞かれちゃったのよね。『ごめんなさい、見捨てないで』って床に手をついて泣いていた」

唇が震えていた。

「こんなことになるなら、もっと好きなこと、やらせてあげるべきだった。友達付合いにも口を出して、制限していた。こんな貧乏人ばかりの地方都市で、頭の悪い友達なんてできたら、一緒にダメになると思った。あの子、人の顔色をうかがって、流されやすいから。『友達』というものに、夢みたいな憧れを抱いていたから、余計に影響されると思った」

痛々しい懺悔は聞いていたくなかったので、口を挟んだ。

「私は、お母様が、そこまで間違ったことをしたとは思いません。友人関係や環境において、腐ったミカンの法則というか、そういう一面があるのは確かですから。良いミカンであっても、腐ったミカンと一緒にしておくと腐りやすくなる……」

母親は口角を上げた。

「あなたのことも、腐ったミカンの仲間みたいに思っていたのに？」

「知っています」

目を逸らして、頷いた。

「お母様から嫌われていたことは知っています。春日さんと付き合いは長いけれど、私は他の進学クラスの子のように一度も家に呼んでもらったことがない。たとえ目的地が一緒でも、送り迎えの車に乗せてもらったこともない。中学から付き合いがある友人のうち、美保と飛鳥は勉強ができないし、私は家庭に問題があるから、春日さんと友達付き合いしてほしくないんだろうなとは感じていました。でも、それは母親として、春日さんが心配だったからでしょう。だから、仕方ないです」

母親は首を振った。

「子供のことを心配しているからって、それを免罪符にして、なんでも管理しようとするのは、いけないことよ。親を満足させるために、子供が存在しているわけではない。子供は親の一部ではなく、独立した別の人間なの」

「それは、そうです。でも」

「あの子が死んでから、私、過干渉の典型例だったな、って、気づいたの。もう何もかも、遅いのにね」

唇がぶるぶる震え、目を開いたまま涙が流れていく。母親が泣いているのは、苦手だ。なんとか慰めたいと思って、余計なことを口走ってしまう。

「でも、わたしは、自分のお母さんに、過干渉でも良いから、心配してほしかったので」

溢れるように言葉が零《こぼ》れ落ちた。

「私、母が死ぬ前日、『あなたは一人で大丈夫』って言われちゃったんです。突き放されたように感じて、実際に多分、突き放されたんですよね。お母さん、私を置いて、勝手に死んじゃった。すごく苦しかった」

その日、母から突然、「あなたは一人で大丈夫。生きていける」と言われた。前後の文脈はよく分からなかったが、いつも通り、母のことを理解しているふりをして頷いた。

そうして、首吊り。

「私、お母さんのためなら何でもやってあげようと思っていたのに、最後は頼ってくれなかった。『あなたは一人で生きていける』って言われたら、そうするしかないじゃないですか。『私は、お母さんがいないと、ダメなの』なんて言えなかった。でも、本当は、私だけは、いつまでもお母さんの味方でいるから、一緒にいてほしかった」

春日の母親は、虚を衝かれた顔をしている。

「……すみません、聞かれてもいないのに、自分のことを話して」

居たたまれなくなって、下を向く。

しばらくそうしていたが、母親の涙が落ち着いたのを見計らい、紅茶を飲み干してから、切り出した。

「春日さんのスマートフォンを見せてもらえませんか」

「どういうこと？」

「春日さんから、ここのところ、ずっと『死ね』とメッセージが送られてくるんです」

春日が亡くなってから、毎日のように呪いのメッセージが届くこと、なりすました誰かが送っているのではないかと考えていることを話した。

「最初は、亡くなった春日さんが悪霊となって恨んでいるなら、仕方ないと思って、受け止めるつもりでした。でも、よくよく考えたら、やっぱり死んだ人間がメッセージを送るはずがない。そしたら、春日さんの名前を騙《かた》った悪意の誰かの正体を知りたくなりました。それで、こんなお願いをしています」

「私たち、親が送っているとは思わなかったの？」

皮肉な笑いを浮かべて聞かれる。

「最初は、そう思いました。ご両親によるものなら、正当な恨みの発露です。それなら改めて覚悟を決めようと、メッセージの送り主に『ご両親ですか』と聞きました。

すぐに『違う』と返信がありました」

「嘘をついているのかも」

首を振った。

「いま実際にお会いして尚更、呪いのメッセージなんていう、幼稚で危なっかしいやり方をするような人たちには見えないと思いました」

「どうかしら」

「もしご両親が本気で、私に報いを受けさせようとするなら、きっと正攻法で確実に、弁護士を雇って裁判を起こすなどの方法をとられるでしょう。それだけの理性と財力をお持ちですから」

「それは、そうね。実際に検討したもの。勝てない裁判でも、相手を消耗させるのが目的なら、復讐として非常に有効だから」

春日の母親は、ティーカップに視線を落とし、持ち手を爪でひっかいた。

「あの子のスマートフォンは、まだ契約も切れずに、ここにある。でも、中身は見られない。私たち、パスワードを知っていると思っていたけど、あの子、親に見られないように、自分で変えていたのよ」

指先が震え、ガチガチと爪とカップがこすれる音がする。

「それでも、見せてもらえますか」

母親は立ち上がって、仏壇から春日の最新式のｉＰｈｏｎｅを取り出した。

渡されたそれに電源を入れて、最初に出てくるパスワード入力画面。授業中は電源を落とし、休み時間に再起動するたび、何度も見ていた春日の指の動きを思い出し、そのまま打ち込む。

すんなりロックを解除したのを見て、春日の母親は小さな悲鳴をあげた。

「私には教えてくれなかったのに……」

「私も教えてはもらっていません、隣で見ていただけです。春日さんの指の動きを覚えていて、そこから推測しました。多分、彼女が生きていたら、気持ち悪がられます」

「あの子、私たちがいる前で、スマートフォンは開かなかった。気を許していなかったのでしょうね」

「ご両親を大事にしていただけだと思います。一般的には、人がいるのにスマホを弄るのは失礼な行為ですし」

母親は額に手を当てて、こちらを見た。「見え透いた慰めはやめてほしい」と顔に書いてあったので、口を閉じてそのまま作業を進める。

ＰＩＮＥアプリを起動させ、自分のアカウントへのトーク画面で、メッセージ送信履歴を調べる。自分のスマートフォンでも同様の画面を開き、内容を見比べた。

『死ね』『死ね』『死ね』『死ね』『死ね』

同時刻に一言一句違わず、送受信がある。春日のスマートフォンでログインできるアカウントから、送られたメッセージであることが確認できた。

じっとこちらを見つめている母親に声をかけた。

「やはり、本物の春日さんのアカウントからのメッセージでした」

「あの子を騙っている誰かがいるってこと？　乗っ取られているの？」

「はい。ただ、このスマートフォンからもログインができているので、乗っ取りというか、同期だと思います」

どこか別の端末から、春日のアカウントにログインしている誰かがいる。

「手がかりがあるかもしれないので、他の人へのメッセージ送信履歴も見ていいですか」

母親は頷いた。

たくさんいた取り巻きたちとのやりとりは、死の直前にはほとんど無くなっており、直近のやりとりは、ほとんど沙貴とのものだった。春日が死んだ後にメッセージのやりとりがある人、同様に呪いのメッセージを送られている人がいないかを、確認する。

私のほかに春日が呪詛を送っている人はいなかったが、ＰＩＮＥの検索バーに『死ね』と入力すると、興味深いことが分かった。

飛鳥が死んだ直後から、春日は飛鳥のアカウントから、呪いのメッセージを受け取っていた。

『死ね』『死ね』『死ね』『死ね』『死ね』『死ね』『死ね』『死ね』『死ね』『死ね』

トーク画面を埋め尽くすほどの勢いで、毎日のように、春日は呪われていた。

そして、春日が死ぬと、飛鳥からの呪詛は止まり、今度は春日から私へ、同じように呪詛が送られるようになっていった。

そういえば飛鳥も死ぬ前、「死んだ美保から『死ね』と呪いの言葉が送られてくる」と、こぼしていた。

SNSを介して、誰かの悪意が伝染しているみたいに、死んだ人から、これから死ぬ人へ、呪いのメッセージが届く。

これは、誰の悪意なのだろう。

首を振った。

「春日さんも、呪われていたようです」

母親に春日のPINE画面を見せる。ざっと血の気が引いた顔になった。

「この、飛鳥って子が呪いのメッセージの犯人なの?」

「いいえ。先ほどもお伝えしたように、彼女は春日さんより先に事故死しています。

これを見ると、彼女から春日さんへの呪詛が始まったのは、彼女の死後です」

「全然知らなかった。あの子、一人で色んなことに耐えていたのね……」

春日と飛鳥のトーク履歴をデータにまとめて、自分のところへ送ろうかと考えたが、春日のアカウントを誰かが監視しているなら、その動きも見られてしまう。

仕方がないので春日のトーク画面を自分のスマートフォンで撮影して、記録を残す。数珠《じゅず》つなぎの悪意を辿るため、次は飛鳥の家に行かねばならないと思った。

◇

飛鳥の家に向かうことを告げると、春日の母親は運転手をつけて車を出してくれた。

春日が呪われていたことを知って、「あの子がそんな嫌がらせを受けていたなんて、知らなかった」と倒れ込んだ。お手伝いさんに支えられながら寝室に消えた後、「あの子のこと、守っているつもりだったけど、全然守れていなかった」と血を吐くような声が聞こえた。

春日の家を辞し、降り積もる雪を蹴散らして、滑らかにベンツが走る。

春日と飛鳥の家は離れているので、車を出してもらえて本当に良かった。

体にフィットするレザーの後部座席に、深く腰を落ち着ける。結構な悪路にもかかわらず、僅かな振動しか感じない。車内は、磨かれたウォールナットの内装が美しく、とても快適だった。

途中、お願いして花屋に寄ってもらった。春日に供えられていたような美しい白百合を、飛鳥にも持って行ってあげたかった。だが、「一本千円」の値札に竦み、考えた末に一本だけ購入する。

飛鳥の家がある寂れた公営団地に、静かに高級車が入っていく。あまりにも不釣り合いで、貧民街に貴族の馬車が通りかかる昔のアニメの一場面を思い出した。

団地の敷地内は、相変わらず泥と雪でぐちゃぐちゃだった。車が汚れることを運転手が嫌がる素振りを見せたので、その場で花を携えて降りた。

気遣われたことを悟って後ろめたそうな顔の運転手に提案された。

「待っていましょうか」

「大丈夫です。時間がかかるでしょうから、帰ってください」

公営団地にこんな高級車が停まっていると、とても目立つ。それが嫌だった。

「春日さんのお母様に、よろしくお伝えください」

運転手にそう伝えて別れる。

除雪されていない道を、雪を踏みしめザクザクと進む。前に進んだ人の足跡を辿り、飛鳥の家がある棟の前まで来た。見覚えのある少年が階段下に座っていた。

「姉ちゃんの友達だ」

「こんにちは」

「お金持ちなの？　なんか高そうな車から人が降りてきたから、見に来たんだけど」

「違う。たまたま親切で乗せてもらっただけ。お母さんいる？」

こくりと少年は頷いて階段を上っていく。彼のピンク色の長靴は、飛鳥のお下がりだろうか。

飛鳥の家は相変わらず、狭くて雑然としていた。

「あら、伊勢さんじゃない」

「これ、飛鳥に」

出てきた飛鳥の母親に、持ってきた白百合を手渡す。

母親はそれを飛鳥の骨箱の前に飾った。

花弁が大きすぎて、うまく花立に入らなかったので、清涼飲料水のペットボトルに生けられることになった。小さな骨箱が隠れてしまう、大きすぎる豪華なカサブランカ。春日の家にあったときは、周囲のインテリアと調和して、あんなに素敵な姿だったのに、飛鳥の家にあると、どうにも不似合いだ。

「綺麗なお花ね。飛鳥も喜ぶわ」

たった一本だけ。それでも、飛鳥の母親は喜んでくれた。なんだか悲しかった。

事情を説明し、飛鳥のスマートフォンを見せてもらう。

「そういえば、パスワードを最初からご存じでしたね」

飛鳥の密葬の後、この家を訪れたとき、母親はすでに、飛鳥に届いていたメッセージの数々に言及していた。

母親は首を振った
「教えてもらったわけじゃないけどね。あの子、弟の生年月日に設定していたのよ。だから、すぐ分かった」

「そうですか」

「弟思いの子だったのよ」

頷いて、中身を確認する。PINE画面を起動すると、やはり死の直前まで、美保からの呪詛が届いていた。一方で春日へのメッセージは見当たらなかった。

「つかぬことをお伺いしますが、飛鳥が亡くなった後、このスマートフォンを使って誰かにPINEでメッセージを送るなどしましたか」

「まさか。そのスマートフォンはすぐに契約を切っているもの」

データが残っているだけで、電話も掛けられないし、自前ではインターネットにも繋げないはずだと、母親は言う。飛鳥の家にはWiFiもない。死後に行われたはずの、春日への呪詛が無いのは、そのためかと納得した。

「あの子、何かに巻き込まれていたの？」

「それを調べているところなんです」

次は、美保のスマートフォンだ。

◇

飛鳥の家を出ると、完全に日が沈んでいた。街灯の光を蓄えて、ぼんやり暗い雪道を急ぐ。上空の日差しを失ったことで、急激に寒さが忍び寄り、歯の根が合わない。少しでも熱量を維持しようと、必死に手をこすり、足を動かす。時々、除雪車が轟音《ごうおん》を立てて隣を通り抜けていった。

公営団地から、美保の家が近いのは幸いだった。

住宅地の角にある一軒家のチャイムを鳴らす。オレンジ色のポーチライトの光に照らされた玄関先はきれいに除雪してある。

「あら、湊ちゃん。こんばんは、どうしたの」

虚ろな眼差しの美保の母親が出てきた。

「美保さんに線香を上げげに」

言葉を続けた。

「それと、お伺いしたいことがあります。中に入れてもらえますか」

にこり、と母親は笑い、招き入れてくれた。

美保の家は家庭的な雰囲気で、玄関の三和土《たたき》で靴を脱ごうと手をついた棚の上には、手作りの毛糸の額縁に縁取りされた美保の写真や、幼い頃に描いた絵や工作などが飾ってあった。廊下の壁にも美保が学校で書いた書道作品や、テニスのユニフォームなどが所狭しと掛けられており、ちょっとした〝美保記念館〟の様相を呈している。案内された居間も同様で、少し異様な感じがした。

居間の隣の和室には、美保の位牌が置かれた大きな年代物の仏壇がある。母親の「最近はめっきりお友達も来なくなったのよ」という寂しそうな声に後押しされ、手を合わせた。

仏壇の前にはローテーブルが置かれ、そこに美保が好きだったお菓子や化粧品、キャラクターグッズなどが山と積まれていた。

「夫は帰りが遅くて。そこに座ってくれる？」

居間のダイニングテーブルで母親と向かい合う。

「ご無沙汰しております。美保さんの葬儀以来ですね」

「来てくれてうれしいわ。よく来てくれていた春日ちゃんが亡くなって、残念な気持ちだったの」

母親は目を細めた。

「亡くなった春日ちゃんは、向こうで美保ちゃんに会えたでしょうね。あの子も友達がきてくれて、きっと喜んでいるはずよ」

ここではないどこかを見始めた母親に、付き合いたくなかった。精神状態の危うさにこちらが引きずられる前に、さっさと要件を切り出す。

「美保さんのスマートフォンを見せてもらえませんか」

「それは……」

難色を示される。

「いくらお友達でも、美保ちゃんは見られるのを嫌がると思うの」

「分かります」

頷いた。

「おばさんは美保さんが亡くなった後、彼女のスマートフォンを使いましたか」

「ちょっとだけ。写真データを吸い出して保存したり、美保ちゃんのお友達の連絡先を移行したり、くらい。お葬式の案内状を出すのに必要だったから」

「美保さんのパスワードをご存じだったんですね」

「美保ちゃんは、なんでも私に教えてくれたわ。私も美保ちゃんのためなら、なんだってしてあげたもの」

そう断言する美保の母親の顔を、じっと見据えた。

「じゃあ、飛鳥に『死ね』と、メッセージを送ったことはありますか」

「飛鳥ちゃんに？　どうして？」

嘘をついているようには見えなかった。

「美保さんが亡くなった直後から、飛鳥へ、美保さんのアカウントから『死ね』という呪いのメッセージが届くようになりました」

「どういうこと？」

「私が聞きたいです。なぜ、美保さんが飛鳥を呪わなければならないのか。飛鳥が美保さんを殺したという噂が流れていたことは、春日から聞いていますよね」

「ええ、ええ」

「だから、最初は私、おばさんがメッセージを送っていたのだと思った。でも、違うという。じゃあ、誰が、という話です。死んだ美保さんが送ったというのなら、この話はここで終わりです。でも」

死者は生きている人間にメッセージを送ったりしない、と続けようとしたところで、母親にさえぎられた。

「でも、美保ちゃんは、そんなことしない。そんなお友達を傷つけるような、悪い子じゃない」

「……そうです。そして美保さんから送られた呪いは、飛鳥だけでなく、次に春日へ標的を移しました。呪いのメッセージを受け取った結果、二人とも、亡くなりました」

経緯をかいつまんで説明する。

美保の母親がキッとこちらを見た。

「美保ちゃんは、そんなお友達の死を願うような、春日ちゃんみたいに良くしてくれた子の死を願うような、恐ろしいことはしないわ」

「そう思います」

「美保ちゃんの濡れ衣を晴らすために、湊ちゃんは頑張っているのね？」

「……そうです」

「分かった。美保ちゃんのスマートフォン、誰にどういうメッセージを送ったか、送られたかを一緒に見ましょう」

母親は自分のバッグから美保のスマートフォンを取り出した。「いつも持ち歩いているの」と笑う。私も曖昧に微笑んだ。

母親に指示を出し、ＰＩＮＥのアプリを起動して、飛鳥とのトーク履歴を確認する。

美保が亡くなった後に、何度も何度も飛鳥への呪詛が送られていたのを目の当たりにして、母親はショックを受けていた。「美保ちゃんはこんなことしない」と繰り返し呟いている。

画面を撮影しながら、頷いた。

「誰かが、美保さんになりすまして送っているんです。美保さんも誰かから呪いのメッセージを受け取っていたかもしれない」

「不幸の手紙とか、チェーンメールみたいに？」

「そうです」

「湊ちゃんは、それが美保ちゃんの死んだ理由だと思っているのね？」

「……少なくとも、理由のひとつになるとは思います」

「美保ちゃんは誰かに呪われたから、死んだの？」

「調べましょう」

美保のスマートフォンを渡してもらい、検索バーに『死ね』と入力した。

「美保さんが亡くなったのって、十月二日の午前中から夕方にかけて、ですよね」

「そうよ。未だに信じられない」

ショックが大きかったのか、母親はだんだんぼんやりした顔つきになってきた。それを横目に端末を操作する。

二日午前九時に、つまり死の直前に、ひとつだけ該当するメッセージがあった。『死ね』の二文字だけ。その時点では、すでに別れていたはずの高瀬成海からのものだった。

高瀬は、飛鳥と恋人になった後、美保とは関わらないようにしていたはずだ。「スマホから美保の連絡先を削除して、メッセージもブロックした」と話していた。

どういうことだろう。

高瀬に連絡を取ろうとメッセージを送ると、すぐに電話で返ってきた。

「伊勢さん、どうした？」

彼の声の後ろからは、体育館のような広い場所で響く喧騒が聞こえる。

「高瀬君と、会って話したいことがある」

「いいよ。ちょうど部活が終わったところで、学校にいるから……」

「じゃあ、待っていて。すぐ行くから」

「どうしたのさ」

「直接話す」

電話を切って、美保の母親に向き直った。

「どうしたの」

「高瀬君から美保さんへ、気になるメッセージが送られているんです。でも、送ったのは多分、彼ではない。確認してきます」

◇

私もついていく、と主張する美保の母親を振り切って、再び雪道に戻る。

美保の家から高校までは、黒々とした鎮守の森が道の片側に続いているせいで、夜に一人で歩くのは少し勇気がいる。なるべくそちらを見ないようにして、足元の雪を踏みしめる。ぽっかりと口を開けているような暗闇は、こちらをじっと見つめる誰かが潜んでいそうで、怖かった。

森を過ぎて、高校の明かりが見えたとき、ほっとした。健全な生き物の気配がする。

体育館に向かい、仲間たちと残って自主練をしている高瀬を見つけた。手を振ると、こちらに気づいて走り寄ってきた。

「話ってなに？」

「念のため、確認したくて。十月二日午前九時ごろ、高瀬君、美保にメッセージ送ってない？」

怪訝《けげん》な顔をされる。

「ええ？　十月には、もう美保と別れていたから、送ってないと思うけど。ＰＩＮＥのトーク履歴ごと、美保の連絡先は削除したたし」

「これ見て」

美保のスマートフォンの画面を撮影した写真を見せた。

「高瀬君から、美保に『死ね』って、メッセージを送ったことになっている」

「いや、俺、こんなの知らねえし」

高瀬は目を剝《む》いている。

「うん。しかも、日時よく考えて。これ多分、美保が死ぬ直前に送っているんだよ」

「まじかよ！　勘弁してくれよ。どういうことだよ」

「それは、私が知りたい」

テニスシューズを履いた高瀬の足元を見つめながら、続けた。

「多分、高瀬君のスマホ、乗っ取られていると思うんだ。心当たりはある？　ほかにも怪しいメッセージを誰かに送られたり、送ったりしてない？」

「ちょっと待って、調べる」

高瀬は必死な顔でメッセージ送受信履歴を確認している。

時間がかかりそうだったので、体育館の壁にもたれた。

少し頭がぐらぐらする。この感覚はカロリーが足りていない証拠だ。そういえば、今日は朝から何も固形物を口にしていなかった。意識してしまうと、体がさらなる不調を訴えてくる。

手足が冷たく、頭が痛い。

じっと耐えて、しばらくすると高瀬が顔を上げた。

「全部見たけど、変なのは何もないよ」

「念のため、私も確認していい？」

「えっ」

「お願い、疑いたくない」

手を合わせて、頭を下げた。高瀬は困ったように頭をかいて、深いため息をついた。

「他の人とのやりとりもあるから、内容は絶対口外するなよ。見せたことも言うなよ」

「ありがとう」

本当に、この男は私のことを信じているらしい。

交換条件で、私のスマートフォンの中身を見せろと言われなくて、良かった。

高瀬が気まずそうに言葉を継いだ。

「あと、ちょっとあの、下ネタとかもあるから、それも見ないふりしてくれ」

「大丈夫。まったく興味ないから」

「……」

微妙な顔をして黙ってしまったのには構わず、中身を確認する。確かに、本人が言うように、美保の連絡先はトーク履歴ごと削除してあった。だから、高瀬のスマホからでは、美保に『死ね』というメッセージを送ったことが分からなくなっている。他の呪いのメッセージも全く見当たらない。

スマートフォンを彼の手に返す。

「ありがとう、とても助かった」

「浮かない顔だな」

「まあ、ちょっと次の手が思いつかなくて」

状況を整理しよう。

死者からの呪いのメッセージは、美保から始まっている。死んだ美保から呪詛を受け取った飛鳥は死に、その後、死んだ飛鳥から呪詛を受け取った春日も死んだ。そして今、私は死んだ春日から同様に呪詛を受け取っている。死者は生者にメッセージを送ることはない。だから、これらの呪詛は、何者かが彼女たちになりすまして送っているとしか思えない。

そして美保は、死の直前に高瀬から同様の『死ね』というメッセージを送られていた。高瀬は何も知らないという。嘘をついている可能性がないわけではないが、手口の一貫性とタイミングからみて、これも呪詛を送っているのと同一人物がやったことだと考える方が自然だ。

この何者かは、なぜ複数の人間のＰＩＮＥアカウントを操作できるんだ？

頭が痛い。俯いて頭を押さえると、高瀬が心配する声を出した。

「大丈夫か。顔色がすごく悪いぞ」

「朝から何も食べてなくて。あと、睡眠不足」

「不摂生極まってんじゃねえか」

離れたところで、自主練を続けていたテニス部男子の慌てたような声が聞こえた。

「とにかく大丈夫だから」

顔を上げたところで、目の前に打ち返し損ねたらしいテニスボールが迫っているのが見えた。その後ろでテニス部のメンバーが慌てている。

衝撃とともに世界は暗転した。

◇

目覚めると、社会科準備室のソファに横たわっていた。

「あ、起きた」

奥にあるデスクの向こうから、日吉が書き物の手を止めて、こちらを見ている。上体を起こそうと、ソファの背に腕をついた。

「気を付けてね。テニスボールが頭に当たったことに加えて、貧血を起こしてる。気を失っていたというより、寝ていたから、救急車を呼ぶほどじゃないと思って、ここに運んできたの」

「お手を煩わせました」

「いいのよ」

カラカラと日吉は快活に笑った。

「運んだのは私じゃなくて、高瀬君だし。もう校内で残っている教師が私しかいなかったみたい。すごい形相で駆けつけてきたから、何があったかと身構えたけど、急いで体育館に行ったら、あなたは普通に寝ているだけで、安心しちゃった。もう遅いから帰しちゃったけど彼、ずっと心配していたわよ」

「後で、お礼を言っておきます」

日吉は頷いて、デスクからこちらに回ってきた。ソファの横に膝をつく。

「頭は痛くない？」

額に手を当てられる。

「室内用のスポンジボールが当たった程度とは聞いている。意識を飛ばしたあなたを、咄嗟に高瀬君が支えてくれたから、頭を床に打ってはいないわ」

「大丈夫です。ご心配をおかけしました」

「最初はベッドがある保健室に運ぼうかと思ったけど、すっごく冷えていてね。ヒーターをつけて暖めるのには時間がかかるし、じゃあ、もうここに運んじゃおうと思って、ソファに寝ていてもらったのよ」

時計を見ると、午後九時を回っていた。

「疲れていたのね。力になれることはある？」

覗き込むような視線で問われる。頭を下げた。

「こんな時間まで、付き添ってくださって、感謝しています」

「いいのよ、私も仕事が終わってなかったから」

日吉は困ったように笑い、デスクに戻った。今は模試の採点結果の振り分けをしているの、と話す。

「先週の模試ですか」

「そうそう、進学クラスは試験が多いから大変。乃木さんが亡くなったから、学年順位は変動しているわね。伊勢さんも優秀だし、荒船さんも……」

「そういえば、沙貴は不登校の時でも、模試は受けていたんですよね」

何の気なしの質問だった。

「模試だけじゃないわよ。出席日数の不足を試験成績でカバーしようと、中間も期末も、進級に必要な試験は全部受けている。じゃないと、あなたと同じ学年にはなれないわ。彼女、すごく努力家よ」

「教室で受けているのを見なかったから、知りませんでした」

「視聴覚室で受けていたの。あの部屋は使い勝手が良いから、いろいろな事情で教室に来られない子の受け皿にしてる。今でもよく、休み時間のたびに荒船さんは利用しているわね」

「授業以外では鍵がかかっていると思っていました」

「今の時代、家にパソコンが無い子も、社会に出るためにはパソコンを使えるようにならなきゃいけないでしょう。だから、届け出を出したら生徒が自由に使っていいことにしているの」

これが届け出名簿、と日吉はデスク上のファイルを指差した。

身を起こして、ファイルを手に取る。

「あまり利用者はいないけど。伊勢さんも、ここに名前と時間を書いて渡してくれれば、鍵を渡すから、自由に使ってくれていいからね」

開いた名簿には使用者と、視聴覚室の鍵を渡した時間と返した時間が記入されている。そこには、荒船沙貴の名前が頻繁に登場していた。

しばらく名簿を眺めていた。許可を得て写真を撮る。日吉が気遣うような声を寄越した。

「もしよかったら、お茶を飲む？　食べ物はチョコレートくらいなら、あるけど」

「どちらもいただきます。カロリーが必要みたいです」

「食欲があるのはいいことね。あなたの年頃くらいの女の子は、みんなダイエットに夢中だと思っていた」

その言葉に曖昧に微笑んだ。

日吉がごそごそと備え付けの戸棚から箱に入ったチョコレートを取り出した。「貰いものだから、いいやつだと思う」と付け加えて。

壁際には本棚が並び、相変わらず古めかしい背表紙ばかり目についた。「呪いと祈りの文化史」を手に取る。

「またその本？」

日吉がこちらを見て笑った。

「みんな呪いとか、おまじないとか、好きよね」

「そうですね。私は信じていなかったのですけど、最近はちょっと考えを改めました」

日吉はチョコレートの箱を開け、マグカップにお茶を注いでいた。手伝おうとして、手で制されたので、見守るだけにする。

「面白いと思います。呪いは見破られたら無効になるとか、ちゃんとルールがある」

ソファに日吉と並んで腰かけ、本のページを開いた。

「呪いは、呪いをかけている本人と、呪いの手段を特定できれば、避けられるんですね」

「基本的に、呪いなんて自他への暗示の一種みたいなところがあるから。『幽霊の正体見たり　枯れ尾花』じゃないけど、手品のようにネタバレしてしまえば、〝超自然的な力〟は失われるって寸法じゃないかな」

「呪った本人を懲らしめたい場合は、どうすればいいんですか」

日吉は手を伸ばして、ページをめくった。

「『呪い返し』だろうね。とくに迷信深かった時代、つまり社会的に強い暗示が掛かっている場合、生まれてしまった負のエネルギーは生半可なことでは消せないから、ネタバレすること自体が呪い返しになった」

「ああ、呪いをかけた人間が判明したなら、その人間は皆から忌《い》み嫌われる。結果的に制裁を受けるのと同じことになりますね、村八分とか」

そう、と日吉は頷いた。

「呪いというのは弱者が強者に対して行うことだから、普通はそれだけじゃ済まなくて、実際の権力や暴力による報復も待っていた。死んだ人間にはやり返せないから、崇徳院みたいに神様として祀《まつ》るしかないけれど、呪っているのが生きている人間なら、物理的に現実でやり返せるでしょう。呪詛をかけた人の勝ち逃げ、つまり成功例なんて、怨霊くらいしかないのは、そのためだよ」

◇

帰りは日吉が車で、家の近くまで送ってくれた。調べたいものがある、というと、真っ暗な鎮守の森にも付き合ってくれた。

そうして、夜も更けた丑三つ時、自宅に沙貴を呼び出した。暗い玄関、冷え切った廊下を通り、死んだように静まり返った家のなかで、唯一明かりがついた居間へ、にこやかに沙貴を迎え入れる。Ａｍａｚｏｎの段ボールや楽天市場からの空き箱が積み上がるゴミ山のなか、沙貴と私は、ローテーブルを挟んで、ソファに座って向かい合った。灯油ストーブの火がゆらゆらと揺れている。

「やあ、よく来たね」

悪役みたいなセリフだと、口にしてから気づいた。

分厚いコートやマフラーを身に着けたままの沙貴は、憤怒の形相でこちらを睨みつけた。

「なにこれ」

突きつけられた沙貴のスマートフォンの画面には、沙貴の中学時代のいじめ全裸芸動画と、『拡散されたくなかったら、今すぐ家に来い』とのメッセージがある。

私がPINE経由で送ったものだ。

「だって、こうでもしないと、沙貴は私の家に来てくれないでしょ」

「当たり前じゃない！　あんた、春日を殺した張本人だよ？　皆から嫌われている。誰がそんな犯罪者の家に行こうと思うもんか」

「その話なんだけど」

朗らかに笑って切り出した。

「私が殺したっていうより、沙貴が殺したんだと思うんだよね」

「何言ってんの？」

「沙貴は呪いで人を殺せるって言っていたでしょう。私は最初、信じてなかったけど、今はその通りだなって思うよ。春日に、死んだ飛鳥からのメッセージに見せかけて、ずっと『死ね』って送っていたものね。春日は結局、それを苦にして自殺したようなものじゃん」

「帰る」

沙貴は立ち上がって、居間を出ていこうとした。

「帰っていいの？　本当に？」

動画をちらつかせながら、問いかけると、渋々といったようにソファに座りなおした。

「話が見えないんだけど」

「じゃあ、分かってもらえるように筋道立てて説明するね」

沙貴の後ろの和室にも届くよう、声を大きくする。

「春日が死んでから、私のところに『死ね』というメッセージが届くようになったんだ。最初は、死んだ春日が私を恨んで呪いを送っているのかな、と信じかけた。でも、死者が生者にメッセージを送ってくることなんて、有り得ない」

「どうかな。オカルト的にはいっぱいそういう話があるよ」

沙貴が微かに笑った。その言葉を無視して、先を続ける。

「それで、春日のスマートフォンを調べた。そしたら、春日も死ぬ前、同じく『死ね』というメッセージが、死んだ飛鳥から、ずっと送られていたことが分かった。おかしいよね、飛鳥のスマートフォンはネットとつながってないのに。その飛鳥も死ぬ前、死んだ美保から同じメッセージを送られていた」

和室の方を見ながら、話を続ける。

「飛鳥もずっと悩んでいたよ。『死んだ美保が、呪いのメッセージを送ってくる』って、ノイローゼみたいになっていた」

「それがどうしたの？　自業自得じゃない」

沙貴は吐き捨てた。私は曖昧に微笑んだ。

「飛鳥に呪詛を送っていた美保も、やっぱり死ぬ前、呪いのメッセージを受け取っていた。送信者は高瀬君。でも、高瀬君はそんなメッセージを送っていないというんだ」

「嘘をついているのかもよ」

沙貴の言葉に首を振った。

「彼、飛鳥のために、元カノである美保と関わることを徹底的に避けていたから、それはない。考えられることは、誰かが彼のアカウントを乗っ取って、美保にメッセージを送ったってこと。それから、呪いの連鎖を装って、美保から飛鳥へ、飛鳥から春日へ、春日から私へ、次々に送りつけた」

「そんな大勢の人間のスマートフォンを自由自在に操れるなんて、それこそオカルト。超自然的な力が動いていないと無理なんじゃないの」

「それがね、できるの。別にスマートフォン自体は乗っ取らなくていい。呪詛はPINEで送っているから、PINEのアカウントさえ乗っ取れれば、それでいい」

沙貴は寒いのか、ずっと手足をさすっている。

「うちの学校の生徒のほとんどは、情報の授業中でも友達と連絡を取るため、サボるために、視聴覚室のパソコンに、スマートフォンと同期するかたちでPINEアプリをインストールしている。パソコンにログインするためにはＩＤとパスワードが必要だけど、うちの学校はそれが個々人の出席番号と生年月日だ」

分かりやすく説明すると、と付け加えた。

「例えば、誰かが視聴覚室のパソコンに、私の出席番号と誕生日を入力すれば、そのパソコンは私のパソコンとして使えるし、私がパソコンにＰＩＮＥアプリをインストールしていれば、私のＰＩＮＥアカウントも使えることになる」

言葉を続けた。

「視聴覚室は、名簿に名前と使用時間を記入して届け出さえすれば、生徒がいつでも誰でも使える。さて、美保、飛鳥、春日、私への、呪いのメッセージが送られてきた時間に、いつも視聴覚室を使っていた人物は誰でしょう」

にっこり笑って、沙貴を見つめた。

「沙貴、あんただけだったよ」

沙貴は能面のように無表情だった。

「名簿を見ると、不登校の時から、ずいぶん視聴覚室には出入りしていたみたいだね。美保が死んだ後、春日が視聴覚室で変な人影を見た、って騒いでいたことがあったんだけど、あれは沙貴だったんでしょう。教室には姿を現さないから、高校に来ていたなんて気付かなかった。飛鳥が死んですぐ、私が春日に廊下で煽られたときの様子も、知っていたものね。変だなと思っていた。ずっと私たちを隠れて見ていたんだね」

黙ったままだったので、言葉を続けた。

「あとは、学年チャットにも、いくつかのアカウントを使って書き込みしていた。そうして、じわじわと私たちを追い込んでいった」

売春疑惑となった写真も、赤城さんとはPINEでやり取りしていたから、何時にどこへ呼び出されるか自明で、撮影は容易かっただろう。

沙貴は地獄のように低い声を出した。

「それがどうかしたの？」

暗い目をしていた。

「確かに、私は他人になりすまして、悪口を書いたり、呪いのメッセージを送っていたりしたかもしれない。でも、それが何か、問題がある？　飛鳥は落雪事故だし、春日は飛び降り自殺だ。美保だって、結局はファンヒーターの安全装置を自分で解除していたんだから、自殺みたいなものでしょ。私が直接、手を下したわけじゃないよ」

「どうかな。自殺した二人については、沙貴の呪詛が原因じゃないの？　テキストメッセージ殺人というのがあるらしいよ」

日吉の受け売りを話した。

「誰かを害する目的でメッセージを送り、死人が出たなら、それはメッセージを凶器とした殺人だ。春日は呪いのメッセージのせいでノイローゼになり、正常な精神状態ではなかった。美保だって、決定打は高瀬君のアカウントからの『死ね』って言葉だ。恋に破れ、愛する相手に邪険にされ、最後に自殺教唆までされたら、死にたくもなる」

これは想像だけど、と話を続けた。

「最初の美保の時は、沙貴も出来心だったんじゃない？　視聴覚室を使うようになって、みんなのＰＩＮＥアカウントにアクセスできることに気付いた。ずっと覗き見しているうちに、飛鳥と美保が高瀬君を巡って揉めていることを知り、落ち込んでいる美保に、ちょっとした毒を注ぎ込むような気持ちで、高瀬君のアカウントから『死ね』とメッセージを送りつけた。そしたら、予想以上に美保が本気にして、死んじゃった」

これで味を占めたんでしょう、と問いかける。

「『死ね』とメッセージを送ることで、人が殺せることに気付いてしまった。オカルト的な知識を組み合わせ、私が話した美保の葬式での偶然を利用して『美保が飛鳥を恨んでいる』と春日を洗脳した。舞台を整え、恨みを呑んで死んだ者からの呪いはあるぞと煽り、そこから飛鳥、春日と、呪詛を送り続けた。春日なんて、典型的なテキストメッセージ殺人よね。信じやすい彼女に、死者の呪いを装って大量のメッセージを送り、精神状態を不安定にさせ、周囲から孤立させ、追い詰めた。さらに言うなら、彼女があのとき飛び降りに至った最終的なきっかけは、沙貴個人の裏切りだと思うよ。土壇場で、誰も味方がいないって気付いたとき、どうしようもなくなったんじゃないかなあ」

「……」

「春日は沙貴のこと、ずっと味方だと思っていたから、裏切られてショックだったと思う」

「ふざけないでよ」

沙貴は鼻で笑った。悪意が滲んだ笑い方だった。

「最初っから、私は味方だなんて思ってないのに。春日のことも、ずっと嫌いだったよ。中学の時、あれだけのことをしといて、たった一言、謝っただけで許されるなんて、よく勘違いできたよね」

「ああ。やっぱり動機は中学のときのいじめだったか」

腕を組んで、口元に手を当てた。

「というか、美保・飛鳥・春日・私が標的になった時点で、沙貴が怪しいって気付くべきだったんだよね」

実はさ、と切り出した。

「さっき、学校から帰ってくるとき、鎮守の森に寄って、丑の刻参りに使われていた藁人形を調べてきたんだよね。そしたらさ、藁人形から、美保と飛鳥と春日と私の写真が、出てくるわ、出てくるわ。これ全部、沙貴がやったんでしょ。引きこもっているから昼夜逆転生活になったって言っていたけど、丑の刻参りをしていたからじゃんか」

「全部調べたの？　結構な数あるから大変だったでしょ」

沙貴が笑うのに、頷いた。

「うん。中学の時のいじめを根に持って、二年間も、あれだけの数の藁人形に釘を打ちながら、ずっと復讐の機会を窺っていたとは。その執念は凄いよ」

「いじめって、した方は忘れがちだけど、された方はずっと覚えているものだからね。二年間も、っていうけど、たった二年だ。あんたたちは忘れるかもしれないけど、私はずっと忘れない。人生を滅茶苦茶にされたんだもん。やり返すまで忘れるものか」

私の誤算は、と沙貴は話した。

「湊が今も、例の動画を持っていたこと。春日には消させたし、湊も消したって聞いたから、先に飛鳥を選んだのに！　あの動画を持っている奴が学校からいなくならないと、いつ公開されるか怖くて、登校なんてできたものじゃない」

ストーブの火を眺めながら、口を開いた。

「私ね、飛鳥が死んだのを、春日だけのせいにしたこと、後悔しているよ。まんまと沙貴の掌《てのひら》の上で踊っちゃった。そっちから見たら同士討ちみたいなもので、私が春日を疑って、責めれば責めるほど、思うつぼだったね。楽しかったでしょ」

沙貴が口角を歪ませた。

「湊の誘導をするのは簡単だった。学校での様子も隠れて見ていたし、何を考えているか、何をしようとしているのか、ＰＩＮＥのアカウントを見れば一目瞭然だもの。さっき私が他人になりすまして、学年チャットにあんたたちの悪口を書いていたことを責めていたけど、自分だって、春日に対して同じことをしていたじゃない。匿名で書き込みして、『春日が飛鳥を殺した』って、皆を煽っていたでしょ」

苦笑いした。

「嫌だな。自分では暗躍していると思っていた分、全部バレているのは恥ずかしいね」

「当たり前じゃない。あんたのアカウント、私に筒抜けよ。あんただけじゃなくて、生徒全員のアカウントが」

「本当、それずるいよね。だから沙貴は、春日に降霊術で美保の霊魂が降りてきていることを信じさせることができた。私と春日のＰＩＮＥのやりとりを盗み見て、美保のカンニング事件の真相を知り、それをウィジャ・ボードに示すことで、やすやすと春日の懐に入っていった」

　春日は、美保の霊魂を信じきっていた。「美保はカンニングをした私を庇ってくれた。だから、今度は私が美保のために」と一生懸命だった。

　沙貴が乾いた笑い声をあげた。

「あんなに春日が簡単に騙されるとは思わなかった。全然、疑わないんだもの。楽勝過ぎてびっくり」

「飛鳥の事故の件も、私と飛鳥のやりとりを盗み見て、飛鳥が『十一月二日の午後六時半ごろに、神社にお祓いに行く』ということを知っていたから、お膳立てできたことだよね」

　沙貴がニヤリとした。

「なに、また推理するの？」

「うん。飛鳥が落雪事故に巻き込まれたのは、宝物殿の軒下に春日がいて近付いたから、というこれまでの話に、沙貴がやったことも加えてみようと思う」

　和室の方にちらりと視線をやりながら、言葉を続けた。

「飛鳥が死んだ日は大雪で、一週間くらい前から、天候が荒れることが予想されていた。建物の屋根にはこれまでの雪に加え、さらに降り積もるだろうことも分かっていた。だから、神社の雪かきのアルバイトに誘われていた沙貴は、飛鳥がお祓いの予約をしたのを知って、この日に仕事をしようと春日に持ち掛けた。春日はその旨、宮司に連絡を入れた。事故後に宮司から、春日がアルバイトに友人を連れて行くと話していたと聞いたけど、この友人というのは沙貴だったんだね」

沙貴はニヤニヤしながら聞いている。

「当日、沙貴は春日の先回りをして、宝物殿に到着した後、暖房を入れた。入口の鍵は数字錠だから、春日から番号を聞いていたはずだ」

飛鳥が死んだあと、神社の職員が、宝物殿の暖房がつけっぱなしだったことに気付いて、『光熱費が恐ろしい』と頭を抱えていた。

「宝物殿の屋根は薄いから、建物が暖まることで、上に積もった氷雪との接触面が溶けて、少しの衝撃で滑りやすくなった」

「ふうん」

「そのあと、沙貴は宝物殿のなかに隠れた。当日の春日のPINEのトーク履歴に、『いったん、家に帰らなくちゃいけなくなった。すぐに戻るから、それまで宝物殿の軒下で氷柱割でもしておいてよ』と沙貴からのメッセージがあったよ。それを受けて春日が一人で氷柱割をしているところへ、飛鳥が通りかかった」

飛鳥は軒下へ近付き、春日の胸倉に摑みかかって殴ろうとした、と話を進める。

「その時、外の様子を窺っていた沙貴が、宝物殿の内側から屋根を突き上げた。その衝撃で大量の雪が落ち、飛鳥は下敷きになった。春日は自分が事故を引き起こしたと勘違いし、気付かれてはならないと、飛鳥の足跡を逆に辿って逃げた。そしてアリバイ工作をするべく、沙貴の家を訪ねた」

「ちょっと待って」

沙貴が口を挟んだ。

「それだと、春日が訪ねてきたときに、私が自宅にいるのは無理だよ。神社からうちまで三十分はかかる。同じ場所にいた春日が先にスタートして、なんで私がその先回りをできるのさ」

「鎮守の森があるでしょう。ショートカットすればいい」

神社は鎮守の森に囲まれている。森を突っ切れば、参道を通って外に出るよりも、沙貴の家にずっと早く到着できる近道になる。

「無理。雪が積もってるし、事故があったのは日没後だから、森の中は真っ暗だ。歩けるわけがない」

たしかに、森の中には獣道のようなものしかなく、特に冬は雪で足場が悪いので、歩こうとする人はほとんどいない。だが、沙貴には容易いはずだ。

「沙貴にとっては、この二年間、何度も夜中に、丑の刻参りで通っている鎮守の森だもの。暗闇でも迷うはずがない。あらかじめ、逃走経路を雪で踏み固めておけば、足を取られることもない」

　言葉を続けた。

「宝物殿は境内の端で、すぐ外には鎮守の森が広がっている。春日が参道を使って沙貴の家に向かう間に、宝物殿からそのまま森を突っ切れば、十分先回りできる。森の中の踏み固めた雪の小道は、すぐに新雪が積もって、誰にも分からなくなる」

　どうかな、と沙貴を見た。

「飛鳥は落雪の下敷きになり、春日は自分が事故を引き起こしたと気に病み、沙貴は誰にも知られずに現場を後にした。これが、飛鳥が死んだ事故の真相じゃないの？」

　沙貴は手を叩いて笑った。

「いいんじゃない？　その通りだよ。おめでとう、よくできました」

「ありがと。……すごい手が込んだことをやったなって、ある意味で感心したよ。あの落雪に至るまでの状況自体、沙貴の悪意で成り立っているからね」

　ＰＩＮＥや降霊術を使って春日と飛鳥を対立させ、お祓いが必要になるほど飛鳥を追い詰め、春日を見かけたら殴ると息巻くほどキレさせた。全部が全部、沙貴がお膳立てした。

「そうして、事故を装って、春日を巻き込んで、飛鳥を殺したわけでしょ。凄いよね、完全犯罪だ。私に見破られるまでは、だけど」

沙貴はせせら笑った。

「湊に見破られたからって、どうってことないよ。直接的な証拠がない。ぜんぶ仮定の話なら、妄想と同じことだ。罪に問われるわけがない」

「そうだね」

私もにっこり笑った。

足元のゴミに隠していたICレコーダーの録音を切る。

「でも、妄想でも信じる人がいると、それが事実になる。沙貴が言っていたことだよ、忘れてないよね？」

沙貴の後ろの和室に向かって声を掛けた。

「赤城さん、もういいですよ」

スッと襖《ふすま》が開き、暗闇から赤城さんが現われた。身長が高く、体格が良いので、ストーブの炎に照らされて、この世のものではない悪鬼羅刹《あっきらせつ》が現われたようにも見える。

「こちら、ヤクザの赤城さん。沙貴が撮った売春疑惑写真にも写っていたから、顔は知ってるよね。実は飛鳥のお父さんで、娘が殺されたことに、死ぬほど怒ってる」

沙貴は驚き、ソファから腰を浮かした。赤城さんは何も言わずに沙貴の顎を摑み、ガダンっと勢いよく後頭部を床に叩きつけた。

彼女の着ているマフラーやコートを毟《むし》って、服を脱がせていく。

「〜〜‼」

沙貴の口元は赤城さんの掌で覆われているので、悲鳴を上げられない。抵抗する手足が滅茶苦茶に動き、ローテーブルが大きな音を立てて跳ね、周りのゴミの山が崩れた。

赤城さんが舌打ちして、沙貴の右足をソファに引っ掛ける。

そのまま勢いよく、浮いた彼女の右膝頭を踏み潰した。

ボギャという鈍い嫌な音がした。膝の関節が変な方向に曲がっていた。沙貴の体が、ビクビクと痛みに引き攣っている。目が血走り、赤城さんが左足にも手をかけるのを必死に阻止しようと、死にかけの虫みたいに藻《も》掻《が》いていた。

沙貴が引掻いた拍子に、赤城さんの胸ポケットからジッポライターが飛び、ストーブに当たって甲高い音を立てた。赤城さんは無造作に、沙貴の顔をローテーブルの側面に何度も打ちつけた。その拍子に鼻血が飛び散った。

その様子を、向かい側のソファに座って眺めていた。

あまり見ていて楽しくはなかった。

「赤城さん、この調子でやると、沙貴が死んじゃうよ」

「別に死んでも構わねえ。ここにいることは誰も知らないんだろ」

「うん」

「むしろ生きてる方が面倒だ。このまま失踪したことにして、ババァと同じように、お前が解体しろよ」

それは気が進まない。これ以上、言いなりで罪を重ねたくない。

「うちの継母みたいに、せめて薬漬けで勘弁してくれませんか」

「バカ。あいつと違って、こいつには捜す家族がいる。すぐに行方不明届も出るだろう。生きてると、足がつかないようにするの、大変なんだよ」

「はあ……」

「暇ならお前、ガムテープぐらい持って来いや。こいつの口塞ぐ」

頷いて、その場を離れる。立ち上がった拍子に足元のレコーダーは回収し、袖に隠した。

沙貴が必死な顔で見てきたが、居間のドアを閉めて、視線を断ち切る。

廊下は暗く、底冷えしていた。氷の板の上を歩いているようだった。スマートフォンで時間を確認し、ため息をついて二階に上がる。

寝室のドアを開けると、相変わらず継母が転がっていた。正気に戻ったときに逃げたりしないように、結束バンドで後ろ手に両親指をまとめられている。その隣の鍵がかかった書斎には、黒いゴミ袋に入った祖母がいるはずだ。

考えないようにして、ベッド横のサイドテーブルの引き出しからガムテープを取り出した。階段を下りたところで、廊下の向こう、玄関のすりガラスの外側に人影が見えた。

音を立てず駆け寄って、そっとドアを開く。

いかにもパトロール中といった制服姿の香取さんが、緊張感を漂わせて立っていた。

「香取さん、時間通りに来てくれたんだね。ありがとう」

「それよりミナちゃん、赤城がいるって、……俺たちの関係を知ってるって、本当か」

「うん。できれば、あいつが家を乗っ取った時に一一〇番したかったんだけど」

眉根を寄せた。

「警察へ通報しても、もし香取さん以外の人が来たら、赤城があることないこと吹き込んで、きっと困ったことになってしまうと思った」

「そうか。……赤城が銃弾を持っているところを見たんだよな」

「うん、9ミリパラベラム弾というやつ。殺傷能力が高いんだって、見せびらかしてた。銃も持ってるって、言っていた」

香取さんはボソッと、正当防衛が成立するな……と呟いた。家の中に一歩踏み込み、拳銃を顔の横に構えている。

囁き声で問いかけられた。

「赤城は、その物音がしている扉の向こうか」

廊下の先の居間からは、沙貴が抵抗を続けているのか、ひっきりなしにガタンガタンと音がしていた。

「うん、そっちの居間にいる。実は、たまたまうちを訪ねてきた私の同級生が、あいつを怒らせてしまって、酷い目に遭ってるんだ」

「何だって」

「早く助けてあげなきゃと思っていたんだけど、怖くて、ずっと香取さんを待っていた。臆病で、ごめんなさい……」

震える声を出して、香取さんを見上げた。香取さんは覚悟を決めた顔をした。

「いや。ミナちゃんは頑張ったよ。怖かったよな。もう大丈夫だ」

後ろにいてくれ、と言われ、香取さんの後方に回る。

廊下を進み、香取さんは腕を伸ばして、居間のドアの前で拳銃を構えた。

「合図をしたら、ドアを開け放してくれ。俺が赤城をやっつけるから、ミナちゃんは、その友達を助けてあげてくれ」

「……上手くできるか、分からないけど」

「大丈夫だ。俺がついてる」

曖昧に微笑んだ。仕方ない。

香取さんが手でGOサインを出した。

居間のドアを開け放す。香取さんがダッと部屋の中に踏み込んだ。銃口を赤城さんに向ける。

「警察だ！　手を上げろ！」

「あぁ？」

デニムの前を寛《くつろ》げた赤城さんが、素っ裸の沙貴の首を絞めているところだった。沙貴は意識を飛ばしているようだ。ぐんにゃりしている。

「手を上げろ！」

状況を呑み込めていない顔ながら、赤城さんは沙貴の首から手を放し、ハンズアップの姿勢を取ろうとした。

バンバン
いきなり銃声が二発響き、赤城さんは後ろに倒れた。

呆気に取られて、私は思わず香取さんの方を見た。こんな問答無用でいいのだろうか。日本の警察というのは、もっと、拳銃の扱いに慎重であるべきではなかっただろうか。

「……赤城は銃を持っていて危険だ。仕方なかった」

香取さんが言い訳のように呟いた。

もとより私は、赤城さんを後腐れなく始末してもらうことを期待して、香取さんを呼んでいる。そのために昨日、警察がマークしている赤城さんが家におり、継母とトラブルになっていることを伝え、「赤城は、私と香取さんの関係を知っている」と嘘を囁いた。そして赤城さんを殺しても問題ないと考えるように、実弾を見たこと、銃を持っていると話していたことも伝えた。

効果は覿面《てきめん》で、香取さんはパトロール中の偶然を装って、約束した時間に一人で乗り込んできた。そうして今に至る。香取さんは口封じのため、赤城さんには早急に死んでもらわなければならないと焦ったのだろう。仕組んだのは私で、それが想定以上に、全部うまくいったというだけなのだが。

それでも、ここまで迷いのない行動に出られると、怖かった。

突然、この五十代の中年警察官が、見知らぬ人間のように思えた。そこで倒れている筋骨隆々の三十代のならず者より、実は、ずっと怖い人物かもしれないということに思い至った。

「ミナちゃん」

「は、はい」

香取さんから声を掛けられた。少し離れた場所で、意識のない沙貴が裸で転がっていた。香取さんはまず、そちらのそばに膝をつき、口元に手を当てた。

「お友達、まだ息があるよ。酷く殴られてはいるけど、ショックで気を失っているだけだ」

「本当ですか」

生きていて良かったのか、良くないのかも分からないが、とりあえず喜んだ感じの声を出しておく。そのまま、香取さんは倒れた赤城さんの方へ歩を進めた。

赤城さんは、血を流して仰向けに横たわっていた。左脇腹のあたりから、着ているシャツにジワジワと赤いシミが広がっていた。デニムの前立てから萎《しな》びたブツが飛び出ているのが少し滑稽だった。

「赤城は……」

香取さんが、そう言いかけた時だった。死んだように見えた赤城さんが、不意をついて起き上がり、膝をついた状態の香取さんの頸椎《けいつい》を、思いっきり殴りつけた。

後方のストーブごと、香取さんが倒れる。

何とか体勢を立て直し、慌てて拳銃を構えた香取さんの腕を、赤城さんは巻き取って、下に向けた。乾いた音が響き、香取さんの右足の脛《すね》から血が流れるのが見える。もう一発、今度は腰に付けた無線機を掠《かす》った。撃たれた香取さんは、それでも赤城さんの手を振り払い、もう一度拳銃を構えた。

赤城さんは這いずるように居間を出て、二階に上がっていく。

「香取さん、大丈夫⁉」

「くそ、不覚を取った。救急車を呼んでほしい。無線がダメだ、署に通報してくれるか」

「分かった」

香取さんはのろのろと撃たれた足をひきずり、拳銃を持って追いかけて行った。通報するつもりはなかった。

怖い男たちがいなくなった後の、居間を眺めまわした。

赤城さんが倒れていた場所には血だまりができており、ゴミの山には血が飛び散っている。ローテーブルはひっくり返り、その傍に鼻血を流した沙貴が裸で倒れていた。横転したストーブは、灯油を引き込むパイプが外れ、自動消火装置が働いて火が消えている。

廊下に出る。

やっと二階に到達したらしい香取さんの「ドアを開けろ！」という声が聞こえてきた。

寝室のドアには鍵がかかるので、赤城さんが立てこもっているなら、長期戦になるだろう。その寝室には、クスリ漬けになった継母がいる。その隣の書斎には、バラバラになった祖母がいる。

途方に暮れて、母が首を吊って死んだ玄関の方を見た。

お母さん、どうすればいい？

香取さんが、ここで赤城さんを殺し損ねたなら、たとえ赤城さんが刑務所に入ったとしても、いずれ出てくることを考えると、一生を怯えて暮らす羽目になる。飛鳥の家族も危ない。香取さんも、私が嘘をついていたことを知ったなら、心穏やかではないだろう。通報して、たくさんの真っ当な人たちが来たなら、継母は治療されてしまうし、私が祖母の死体を切断したことも明るみにでてしまう。

どうすればいい？

答えはなかった。母は私のことを「一人で大丈夫。生きていける」と言っていたけれど、お母さんがいない私の人生は詰みかけていた。

項垂れて、視線を下に落としたとき、赤城さんのジッポライターが目に入った。居間から飛ばされてきたのだろう。

鏡面仕上げの金属には、母に瓜二つの私の顔が映っている。

唐突に、「湊は私にそっくりだから、私の考えていることが分かるのよ」と話していた母の姿が鮮明に思い浮かんだ。母の遺書には、父や継母、祖母に向けて『呪ってやる』『殺してやりたい』『死ね』と書いてあった。私宛のメッセージはなかった。

でも、あの人が、私へメッセージを残さなかったのは、私が彼女の望みを完璧に理解していると信じていたからではないか。

ジッポを握りしめたまま、居間に戻った。

そうだ。母の願いを叶えて、証拠隠滅を図る一石二鳥のチャンスだった。

段ボールの切れ端に火をつけた。

それを外れた灯油パイプ付近に投げる。

ボッと一気に火が広がり、めらめらと舐めるようにして、天井に、床に、炎が拡がっていく。

熱で、沙貴が気付いた。火から逃げようと、一生懸命に左足と両手を使って、床をのたくっている。

「え、何これ、どういうこと？　熱いし、痛い！」

そっと沙貴のそばに近付いた。

沙貴は追い詰められた目でこちらを見た。

「湊！　湊、お願い。助けて！」

一瞬、このまま見捨てて、全部燃やした方が楽だという考えが頭をよぎった。でも、沙貴の母親が悲しむところは、見たくなかった。『沙貴をお願いね』と手を握られたことを思い出す。

「……いいよ」

沙貴の腕を首に回し、肩を貸すような形で起き上がらせる。そのまま、廊下に出た。段ボールや空き箱が散乱する居間は、あっという間に火の手が回り、炎の舌は階段下にまで到達しそうな勢いだ。

二階にも煙が上がり始めたのか、香取さんの「火事なのか！」という声が聞こえた。それを無視して、沙貴を連れて玄関に向かう。

「あ」

「どうしたの」

「お母さんの位牌、持ってくるの忘れた」

三和土で立ち止まり、振り返った。もう階段下の物置小屋は、炎に呑まれている。戻ろうと迷い、「無理だって！」と沙貴に止められた。心が引き裂かれるようだった。歯を食いしばり、ドアを開け、煙とともに外に出た。

そのまま、沙貴を引きずって、家の前の通りまで歩いていく。息が白かった。あまりに寒くて、息を吸うたび肺が軋んだ。

足元には氷の轍《わだち》ができていて、踏むとパリパリと音がした。沙貴の足が寒さで赤くなっているのを見て、今更ながら何も着ていないことに気付く。鳥肌を立てて震えている彼女に、自分のカーディガンを脱いで渡した。少しびっくりしたような顔をしていた。

「ありがとう」

「……別に」

外は驚くほど静かで、ぼんやりと街灯の光に照らされて、雪が降っていた。

突然、ボンボンッと背後から、大きな爆発音がした。背中に熱気を感じて振り返る。

先ほどまで家の中だけで収まっていた炎が、もう外壁を侵略し始めている。

「今の爆発音、何⁉」

沙貴が半分パニックになったような声で叫んだ。

「たぶん、酸素ボンベだと思う」

祖母が使っていた酸素吸入装置のある客間は、玄関のそばにある。そこの酸素ボンベが爆発したのなら、香取さんが逃げることは絶望的だろう。二階の廊下には窓がない。寝室には窓があるけれど、赤城さんに飛び降りるだけの体力が残っているとは考えにくかった。それに、煙は高いところへいく。二階の方が、一酸化炭素が充満するのは早いはずだ。

誰も出てくるな、と祈るような気持ちで、燃える家を見つめていた。

外壁が燃え始めると、火事に気付いたのか、近所の家から次々に人が出てきた。

口々に何かを叫んでいる。高く高く黒煙が上がり、空が赤く染まっている。

沙貴が薄着であることに気付くと、毛布を持ってきて掛けてくれる女性もいた。

「大丈夫かい？」

「大丈夫です」

カーディガンの下は裸で、足が折れていて、腫れた顔から鼻血を出しているのに、「大丈夫」と答える沙貴が、少し不思議だった。私は面倒だったので、近所の人に何を聞かれても黙っていた。

「まだ中に誰かいるのかい？」

「……」

何も聞こえないふりをして、ただ食い入るように炎を見ていた。周囲は、私が茫然自失なのだと勘違いしてくれた。

「何があったんだい」

「分かりません。ただ、気付いたら火の海で……」

自然と沙貴に質問が集中する。彼女はそれに律義に答え続けていた。

遠くから消防車のサイレンが聞こえた。

家はもう、骨組みが見えている状態だった。

そこまで燃えて、燃え尽くして、やっと呼吸が楽になったような気持ちになった。

確実に全員死んだ。

深呼吸する。零下の空気に肺が悲鳴を上げた。吸い込んだのは、焦げた臭いと煙だったが、それでもこの世で初めて息をしたみたいに、素晴らしかった。

◇

北海道根釧市で12月22日未明、木造2階建ての民家が全焼し、焼け跡から性別などが不明の4人の遺体が見つかった。遺体はいずれも2階部分で見つかり、うち1人は四肢が切断されていた。根釧署によると、この家に住む30代の母親と70代の祖母の2人と連絡が取れていないという。高校生の娘と、家を訪れていた同級生の少女は逃げて無事だった。

捜査関係者によると、母親は暴力団関係者の男と金銭トラブルになっていた。たまたま少女がこの家を訪ねたところ、家にいた男が因縁をつけて乱暴。足の骨を折るなどの重傷を負わせた。娘は巡回中の男性警察官に助けを求め、警察官が駆け付けて男を取り押さえようとしたが、男は激しく抵抗し、灯油をまいて家に火をつけたという。見つかった遺体は母親と祖母、暴力団関係者の男と男性警察官とみられる。祖母は火災の前に、すでに殺害されていた可能性が高く、道警は、それぞれ遺体の身元確認や死因の特定、事件の全容解明を急ぐ。

沙貴は全治三か月だった。

高校からほど近い、巨大な箱のような総合病院に入院していた。

私は病室を訪れ、沙貴が横たわるベッド脇に座って、ぼんやりと外を見ていた。窓の外では、庭に積もった雪が、きらきらと日の光を反射している。先ほどまでいた沙貴の母親は、医師の話を聞きに出て行き、部屋には二人きり。清潔な白い個室と柔らかな日差し、お見舞いに持ってきたゼラニウムがガラスの花瓶に揺れていた。

沙貴が上体を起こして、口を開いた。

「湊の方は、いろいろ大変だったみたいね。警察の事情聴取とか」

「あの家の人間で、一人だけ生き残っちゃったもの。未成年で被害者ということで、物凄く気を遣ってくれているのは伝わってくるけど、それでも重要参考人だから。聞きたいことは、たくさんあるよね」

メンタルカウンセリング、事情聴取、メンタルカウンセリング、事情聴取、メンタルカウンセリング……。火災後しばらくは、そんな日々を過ごしている。火災保険はちゃんと支払われるらしい。日吉が心配して、ホテルを手配するなどの面倒を見てくれたのが、本当にありがたかった。

「沙貴も大変でしょ？」

「まあね。足を結構やられているから、しばらくはリハビリが必要。でも、顔の傷は消えるみたいで、それは良かった。奇跡的に鼻も折れてなかったし、レイプされたかなって思ったけど、検査の結果、なんかギリセーフっぽかったし」

重傷を負ったのに、あっけらかんとしている。少し拍子抜けした。

「なんか沙貴、人が変わったみたい」

「そう?」

「恨みごとを言われるって、覚悟していた。実際、そのケガは私が赤城さん……」をけしかけたから、と言おうとして遮られた。

「あー……。湊ってさ、変なところで、素直というか、露悪的だよね」

沙貴が首を振った。

「いま私は、命拾いしたって感じで、わりと爽快な気分。地獄から生還して生まれ変わったの。ぶっちゃけ、あの場で死んでいても、おかしくなかったでしょ。本気で殺されると思ったし、あのヤクザは……、飛鳥のお父さんは、私を殺すつもりだったろうし」

沙貴はこちらに向き直った。

「でも、湊は最後の最後で、助けてくれた」

真っ直ぐな目で射抜かれた。

「だから、もうそれでいいかなって、思った。『助けて』って言っておいてなんだけど、湊は絶対に、私のことを見捨てると思ってたよ。あんた、打算的で倫理観がなくて怖い女だもの。あそこで私を生かしておくより、全部火にくべちゃった方が後始末は楽だったでしょ。私でも、湊が考えそうなこと、それくらい分かるよ」

「……酷い言われようだね」

沙貴はにっこり笑った。

「でも、違った。だから、それでいい。もう恨んだりしない」

何だか、とても居心地が悪かった。ベッド脇のパイプ椅子の上で、もぞもぞと坐《すわ》り直した。話題を変える。

「そういえば沙貴ってば、呪いのメッセージを送っていたことも、飛鳥の事故を引き起こしたことも、自分から警察に伝えたんだって？　日吉先生から聞いたよ。あんなに、私の推理を『証拠がない、妄想だ』って強弁していたくせに」

「それも、もうなんか、いいかなって思っちゃった」

沙貴は憑き物が落ちたように笑った。

犯行を自供した彼女には、退院してから、警察の取り調べと、遺族への償いが待っている。とはいえ、自白を裏付ける証拠は乏しい。動機も、中学時代の凄惨ないじめの復讐という、大いに情状酌量の余地があるもので、警察も、遺族も、強くは出られないだろう。

「だって、随分死んじゃった。美保に、飛鳥に、春日に……。飛鳥のお父さんに、湊のお母さんとおばあちゃん、助けに来てくれたっていう警察の人。復讐を後悔しているわけではないけど、七人は死に過ぎだ」

「大人……、とくにうちの祖母は、絶対に沙貴のせいじゃないと思う」

「それでもさ、人を呪わば穴二つって、実感した。だから禊《みそぎ》をしないと」

「赤城さんにあれだけボコボコにされたら、沙貴は、もう充分報いを受けたと思うよ」

沙貴は首を振って、窓の外を眺めた。根釧神社と鎮守の森が、遠くに見えている。

「もう誰かを恨んだり、恨まれたりするのに疲れた。たった一言、美保に『死ね』って送っただけで、こんな遠いところまで来てしまうなんて、想像もしていなかった」

たった二文字の呪詛で人が殺せた、と沙貴は呟いた。

「多分、湊には湊の事情があって、まだ隠していることも、言っていないこともあるんでしょ。死んだ警察の人のこととか、火災の原因とか」

ちらりとこちらを見た。

「湊、そんな顔しないでよ。もう詮索《せんさく》しないから」

「どんな顔をしてる?」

「『口封じしとくか？』って顔。いや、冗談だよ」

そんなに恐ろしい表情をしていたのか。顔を撫でる。

沙貴は微かに笑った。

「だいぶ、湊のことが分かってきた。基本的に、とても臆病だよね。ちょっと脅威を感じると、すぐ過剰防衛に走る。それがシャレにならない」

「そんなこと……」

「なくはないでしょ。ずっと中学時代、なんで私がいじめられるんだろうって考えていた。美保と飛鳥は、私と相性が悪かった。春日は日和見《ひよりみ》主義。湊はよく分からなかった。悪意とか嫌悪とか、そういうのを、湊から感じたことがなかった。でも、すごく手の込んだ方法で、熱心に、私から居場所を奪っていった」

「……」

「やっと理由が分かったのは、あの動画を示して、湊が『お互いに、バラされたくないことは内緒にしておこうね』って言ったとき。湊は、私が『湊の秘密を知っちゃった』って売春のことを仄《ほの》めかしてからずっと、周りにそれをバラすんじゃないかと怖かったんだね」

「……」

「ほらまた、『口封じするか？』みたいな顔している。顔面の治安が悪すぎるんだわ」

沙貴の言葉に顔を撫でて、首を傾げた。

「そんな恐ろしい顔を、してる？」

「恐ろしいというか、表情がごそっと抜け落ちるんだよ」

沙貴はため息をついた。

「私ね、湊と仲良くなりたかった。中学の時、秘密を共有したら、カンニング事件以降の美保と春日みたいに、湊と仲良くなれるかなって期待してた。だから、湊の秘密を手に入れて、浮かれてたんだ。湊は大人っぽくて、ミステリアスで、落ち着いているように見えたから、『売春していることを知っている』なんて言葉だけで、怯えるなんて思わなかった」

「そう」

「今も、湊はちょっと不安を感じているでしょ。私がこの先、警察や学校に対して、何を言うか分からないものね。湊を安心させないと、私はまた酷い目に遭わされそうだ」

沙貴は苦笑いした。

「湊の売春疑惑は、私のでっち上げだ。飛鳥のお父さんが、湊のお母さんに悪さをしていて、湊は巻き込まれただけ。私はたまたまＰＩＮＥを覗いていて、飛鳥のお父さんが、ホテルに湊を呼び出したことを知った」

「うん」

「湊が、私を深夜に呼び出したのは、呪いのメッセージ事件の真相を知りたかっただけ。まさか自分の家を乗っ取っているヤクザが、飛鳥のお父さんだとは思わなかった。私は殴られてから記憶がなく、気付いたら火の海だった。湊が助けてくれたこと以外は、何も分からない。以上。……どう？」

「急に沙貴の物分かりが良くなって、びっくりしている」

彼女は優しい目で、こちらを見た。

「湊は怖い女だけど、可哀想だと思う。誰かと二人きりになったとき、いちいち人の発言をICレコーダーに録音するのは、周りを誰も信じてないからだし、誰も自分のことを信じてくれないと思っているからでしょ」

「いつ気付いた？」

「飛鳥のお父さんに殴られて、床に叩きつけられた時。足元にレコーダーがあるのが見えた。まあ、周到な湊なら、二人きりの場で犯行を自供させたと見せかけて、それくらいやるよねって思った。でも、今も袖にレコーダー仕込んでいるでしょ。ちょっと病的な人間不信だ」

「……」

「別に怒っているわけじゃないよ。何となく家庭の事情が分かるから、本当に可哀想だと思う。誰かといて、一度も安心したことがないんでしょう。助けてあげたいけど、きっと私には無理だね」

沙貴はため息をついた。

「中学時代の例の動画も、一生とっときなよ。もう消せなんて言わない。湊が安心できるなら、そんなのはくれてやる。私はもう、あんたと同じ土俵には立たない。恨んだり、恨まれたりで人が死ぬのは嫌だ」

喋り過ぎて疲れたと沙貴は笑った。

別れを告げて、私は病室を出た。

病院の長い廊下を歩いていく。殺風景な白い壁が続いており、たまたまそういう時間帯なのか、医師もスタッフも患者も、誰もいなかった。

ひとりぼっちだった。

沙貴に憐れまれてしまった、と考えていた。

あんな悟ったようには、なれなかった。彼女は清々《すがすが》しい顔をしていた。きっと納得がいくまで、恨み尽くして、呪い尽くしたからだろう。

私は、さまざまな問題を燃やして、心配事が減って、気持ちはずいぶん楽になったけど、全部解決したわけではなかった。まだ父が残っている。母が「殺してやる」と呪詛を残した父が、まだ残っている。

手の中のスマートフォンが震えた。送信元はその問題の父親だった。

火災の後、数日経ってやっと連絡がついた。家族を放置した挙句に惨事が起きたことで、流石《さすが》に反省したのか、今は細《こま》やかに連絡が来るようになっている。

画面を見る。

大丈夫か、無理をしていないか、そばにいられなくてすまない、なるべく早く帰るようにする……。そういう優しい、でも、薄っぺらい言葉が送られてきていた。

連絡がついて嬉しかった。だって、母の望みを叶えてあげられる。

どんなメッセージを返信しようか、考えながら帰路についた。

たった二文字の呪詛でも、人は殺せるのだ。

〈解説〉孤高のダークヒロインが活躍するイヤミス系ハードボイルドの快作

大森望（翻訳家・書評家）

強烈なダークヒロインが現れた。その名は伊勢湊《いせみなと》。北海道東部の架空の地方都市・根釧《こんせん》市の進学校・道立根釧中央高校の二年生である。

家庭の事情から進学費用を自分で稼ぐ必要に迫られた彼女は、中学生の時からいわゆる〝パパ活〟で稼ぐ道を選び、マッチングアプリで知り合った暴力団関係者や地元署地域課の警察官を常連客にして、堅実に貯金している。

物語は、同じ中央高校二年の津島美保《つしまみほ》の葬儀から始まる。高校に入学して以降は縁が遠くなっていたものの、中学時代、湊と美保は親友で、白山飛鳥《しらやまあすか》、乃木春日《のぎはるひ》、荒船沙貴《あらふねさき》を加えた仲良し五人組を形成していた。

美保は、閉め切った室内で灯油ファンヒーターを使いつづけたため、一酸化炭素中毒で死亡したとされる。だが、ほんとうに事故なのか？　美保の母親は、葬儀に参列した生徒たちに向かって、娘は殺されたのだと叫ぶ。

中央高校二年生のほとんどが参加しているＰＩＮＥ（ＬＩＮＥによく似たモバイルメッセンジャーアプリ）の学年オープンチャットでは、真相をたしかめるためにコックリさんをやって、死んだ美保の霊を呼ぼうという話が盛り上がる。コックリさんの結果、疑われたのは白山飛鳥だった。そして彼女のもとには、PINEの美保のアカウントから『死ね』という二文字だけのメッセージが……。これは呪いの連鎖なのか？

作中でも言及される『着信アリ』のような超自然ホラーを思わせる展開だが、主人公の湊は徹底的な合理主義者であり冷徹なリアリスト。目的のためには手段を選ばず、いじめにも平気で加担し、SNSを使った裏工作も躊躇《ちゅうちょ》なく実行するが、超自然的な力は信じていない。

本書は、その彼女が持ち前の頭脳と人脈を駆使して女子高生連続不審死事件の謎を解く本格ミステリー——かと言うと、そうでもない。たしかに謎解きの要素はあるが、小説の後半になると、探偵役だったはずの湊がどんどん窮地に追い込まれていく。湊は絶体絶命の状況下でも動じることなく自分を貫き、（自分にとって）最善の解決策を模索する。

その意味では、伊勢湊はイヤミス的な状況を敢然と引き受ける孤高のハードボイルド・ヒロイン。本書を一種の爽快なピカレスク（悪漢小説）として読むこともできるだろう。どう考えても脱出ルートのなさそうな八方塞がりの状況を湊がどう切り抜けるか。事態の深刻さとは裏腹に、本書には一種のゲーム的な面白さがある。

もうひとつの魅力は、高校生たちの会話やSNS上でのやりとりが生き生きと描かれていること。おかげで深刻な場面でも重苦しくならず、リーダビリティは抜群。

多くの生徒たちがおそらく初めて参列する冒頭の葬儀の場面から、著者の筆はノリノリだ。生徒たちのやりとりは、「お焼香ってどうやるんだっけ？」「とりあえず、前の人のやり方を真似《まね》すればいいよ」「前の人が間違えていたら、どうするのさ」「あんたも、その後ろの私も間違える。そいで多分、私の後ろも間違える」「そんな間違いドミノ倒しは作りたくねえ」という具合。

葬儀の最中も生徒たちはスマホを手放さず、学年チャットにポストされた（ふだんはギャルメイクの）故人に対する的確すぎるコメント『どすっぴんw』が笑いを誘《いざな》う。ところがあとになってそのコメントが不謹慎すぎると炎上し、吊《つる》し上げにつながってしまう展開が実にリアル。その舞台が、（学校裏サイトやLINEグループではなく）LINEのオープンチャット的な匿名参加のトークルームだというのも今風だ。

前述のとおり、高校生同士の会話もうまい。たとえば、飛鳥が湊と駅前のカラオケボックスで話をした帰り、お祓《はら》いができるかどうか確かめようと地元の神社に立ち寄る場面。本殿の祭神が大国主神《おおくにぬしのかみ》だと気付いた湊に、飛鳥は「大国主って誰？」と訊《たず》ね、湊は京都の地主《じしゅ》神社を例に出して、「あの、清水寺《きよみずでら》にあった、ごちゃごちゃしたアトラクション的な神社……」と説明する。それを聞いた飛鳥いわく、

「すごい観光地してたけど、ご神木にめちゃくちゃ五寸釘《くぎ》が刺さった痕があって、ドン引いたわ。ガチじゃん、みたいな」（中略）「ここも、そういうガチ勢が信じる神様なんでしょ。じゃあなんか効きそう」

こういうダイアローグが登場人物の個性を引き立たせ、小説を立体的にしている。

さて、このへんで本書の来歴と著者のプロフィールを紹介しよう。本書の原型は、第22回『このミステリーがすごい！』大賞の応募作『死に至る6バイト』。この回は、白川尚史《しらかわなおふみ》『ファラオの密室』が大賞、遠藤《えんどう》かたる『推しの殺人』と浅瀬明《あさせあきら》『卒業のための犯罪プラン』が文庫グランプリを受賞。本編は、残念ながら最終候補作六作に入らなかったものの、『このミス』大賞名物の〝隠し玉〟に選ばれ、こうしてめでたく世に出ることになった。

著者の上田春雨は、一九八六年、北海道生まれ。筑波《つくば》大学社会学類卒業後、社会部記者として新聞社に勤務。尾行と人探しが得意なんだそうで、その経験はたぶん本書にも活《い》かされている。もともと地元の町の図書館にある本はすべて読破したほどの本好きで、新聞記者になったのも文章を書く仕事がしたかったからだとか。しかし、職業柄、ほんとうのことしか書けない。それに息苦しさを感じていたところ、趣味で小説を書いている友人に「小説を書いてみたら」とすすめられ、初めて書いた小説が本編。もともと作家という職業に強い憧れを抱いていたそうなので、ようやく夢が叶《かな》って、第一歩を踏み出したことになる。「本作に込めたテーマは〝願いは必ず叶う〟でした」というのは小説の中身からちょっとズレている気がしなくもないが、イヤミス的な設定にもかかわらず本書が明るさを失わないのはそのテーマのおかげかもしれない。

本書を書くうえでヒントになった作品があるかたずねてみると、以下のような返信があった。

小説を書いたことがなかったので、書き方がわかりませんでした。仕方がないので、今まで読んだ物語の数々を、自分の思い描くストーリーに合わせてお手本にして、演出を学ぼうとしました。序盤の、オカルトとミステリをつなぐ薄気味悪さは、ジョン・ディクスン・カーの『火刑法廷』から。中盤の、登場人物が大勢の支持を失っていく様子は、ウィリアム・シェイクスピアの『ジュリアス・シーザー』から。どんどん人が死んでいく全体のペースは、アガサ・クリスティーの『そして誰もいなくなった』から。

建築を学んだことがないのに、家を建てるのに似ていました。どちらも、ひとつ間違えたら全部が崩れて大惨事です。

人の心を魅了する大宮殿にただ憧れて、それを参考に自宅っぽいものを建てたようなものです。愛と情熱だけはあるのですが、正直それ以外なかったことを痛感しているので、いまは少しずつ、設計や建築基準法を勉強しています。

ついでに紹介すると、目標にしたい作家はアガサ・クリスティー。これまでの人生で影響を受けた作品としては、ジョン・エイジー『フェリックス・クルーソーのふしぎなえ』、ジャン・コクトー『恐るべき子供たち』、プリーモ・レーヴィ『溺れるものと救われるもの』、カレル・チャペック『園芸家12カ月』を挙げている。

ほかに、SF系ではロバート・シェクリイ『不死販売株式会社』、グレッグ・イーガン『順列都市』、リチャード・モーガン『ブロークン・エンジェル』、上田《うえだ》早夕里《さゆり》『華竜の宮』、伊《い》藤計劃《とうけいかく》『虐殺器官』。ミステリー系では、アガサ・クリスティー『そして誰もいなくなった』、ジョセフィン・テイ『時の娘』、ウンベルト・エーコ『薔薇《ばら》の名前』、アンドリュー・ヴァクス『赤毛のストレーガ』、サラ・パレツキー『サマータイム・ブルース』、宮部《みやべ》みゆき『長い長い殺人』。ホラー系ではH・P・ラヴクラフト『未知なるカダスを夢に求めて』、岩井志麻子《いわいしまこ》『ぼっけえ、きょうてえ』、三津田信三《みつだしんぞう》『わざと忌み家を建てて棲《す》む』、岩城裕明《いわきひろあき》『呪いに首はありますか』、小野不由美《おのふゆみ》『残穢《ざんえ》』、加門七海《かもんななみ》『祝山』。歴史・時代小説では、隆慶一郎《りゅうけいいちろう》『影武者徳川家康』、司馬遼太郎《しばりょうたろう》『燃えよ剣』、山本周五郎《やまもとしゅうごろう》『ながい坂』、山田風太郎《やまだふうたろう》『甲賀忍法帖《こうがにんぽうちょう》』、北方謙三《きたかたけんぞう》『三国志』——と、影響された作品を挙げはじめたら止まらない勢いで、無類の本好きだというのも納得できる。

現在は二人の子を持つワーキング・マザーで、午前一時から四時を執筆に充てているという。いま書いているのは、「新興宗教の教祖をしていた姉が失踪し、刑事志望の妹が、殺し屋の少女と足跡を追う」長編。他にも、「ロマンス詐欺の被害に遭った金欠の女性会社員が、ホスト遊びにハマった女性資産家から暗殺を請け負う」話や、「アンドロイド嫌いの家出少年が傾国のセクサロイドに惚《ほ》れられる」ディストピア系のボーイ・ミーツ・ガールなどの構想があるとのこと。初めて書いた小説でデビューをつかんだこの才能が、本書をジャンピングボードに大きく飛躍することに期待したい。

（二〇二四年五月）

本書は、第22回『このミステリーがすごい！』大賞応募作品「死に至る６バイト」を改稿・改題したものです。
この物語はフィクションです。作中に同一の名称があった場合でも、実在する人物・団体等とは一切関係ありません。

宝島社
文庫

呪詛を受信しました
（じゅそをじゅしんしました）

2024年7月17日　第1刷発行

著　者　上田春雨
発行人　関川誠
発行所　株式会社 宝島社
〒102-8388　東京都千代田区一番町25番地
電話：営業 03(3234)4621／編集 03(3239)0599
https://tkj.jp
印刷・製本　中央精版印刷株式会社

Printed in Japan
ISBN 978-4-299-05669-6